KB198107

코끼리를 새롭게
만나고 싶은

당신을 위한
안내서

코끼리를 새롭게 만나고 싶은

당신을 위한 안내서

이지원

피스북스

  2020년 1월, 대학원에서 석사과정을 마무리하고 복직을 코앞에 두고 있었다. 직장으로 돌아가기 전 여행을 다녀오고 싶었고, 오래전부터 소원했던 산티아고 순례길을 걷기 위해 리스본행 비행기표를 끊어둔 터였다. 그런데 문제가 있었다. 논문을 쓰느라 무리한 탓인지 고질병인 디스크 증상이 심해진 것이다. 무거운 배낭을 짊어지고 순례길을 걸을 수 있을지 자신이 없었다. 쉽사리 나아질 기미가 보이지 않았고 여행 날짜가 다가올수록 설렘보다 걱정이 더 커졌다.

  그러던 어느 날, MBC에서 방영한 「휴머니멀」이라는 제목의 5부작 다큐멘터리를 보게 되었다. 휴머니멀Humanimal은 '인간'을 뜻하는 휴먼human과 '동물'을 뜻하는 애니멀animal의 합성어로, 인간과 동물의 공존에 대해 이야기하는 다큐멘터리였다. 우리 인간이 동물을 대하는 태도와 그 방식의 잔혹함은 이미 많이 알려져 있지만 종을 가리지 않고 가해지

는 야생동물에 대한 살육 장면을 눈으로 보는 내내 충격과
안타까움을 참아내기가 무척이나 어려웠다. 나는 분노와 절
망, 슬픔과 감동, 무력감과 희망, 그렇게 온갖 감정의 소용돌
이에 빠져들다 갑자기 자리에서 벌떡 일어나 앉았다. 화면에
자막 하나가 뜬 순간이었다.

태국, 치앙마이, 코끼리 생태공원

2015년 겨울로 기억한다. 나는 치앙마이에 있었다. 그때 숙
소 침대에 누워 가이드북을 들척이다가 어느 페이지 귀퉁이
에 조그맣게 실린 ENP`'코끼리 생태공원'을 뜻하는 Elephant Nature Park
의 줄임말`에 대한 정보가 눈에 들어왔다. 학대받거나 아픈 코끼
리들이 구조되어 살아가는 생추어리로, 투어 프로그램으로
방문하거나 자원봉사자로 참여할 수 있다는 짧은 소개 글이
었다. 당시의 나는 '이런 곳이 있구나. 다음에 치앙마이에 오
면 한번 가볼까?' 정도로 가볍게 생각하고 넘겼다. 그리고
까맣게 잊은 채 살았다.

곧바로 리스본행 비행기표를 취소했다. 무려 200유로의
수수료를 냈지만 하나도 아깝지 않았다, 정말로. 그리고 곧

바로 치앙마이로 가는 비행기표를 구입하고 ENP 홈페이지에 들어가 자원봉사도 신청했다. 그렇게 나는 ENP에 첫발을 딛게 되었다.

ENP에서 보낸 일주일의 시간은 내게 적지 않은 변화를 가져다주었다. 경험하고 느끼고 생각한 것들이 짙은 농도로 스며들어 결코 그 전으로 돌아갈 수는 없겠다고 생각했다. 내 마음의 동요가 즐거웠고 하루하루가 충만했다. ENP는 내가 새로운 세상으로 들어서게 된 마법의 문이었다.

떨어지지 않는 발걸음으로 2020년의 첫 ENP를 떠나오면서 '내년에 꼭 다시 와야지'라고 다짐했다. 하지만 코로

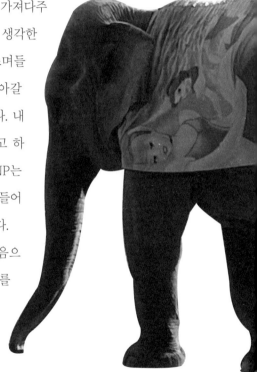

나 팬데믹이 전 세계를 덮쳤고, 기약 없는 시간 동안 사진과 영상을 들춰보며 그리움을 달랬다.

팬데믹이 조금씩 진정되기 시작하면서 딱 3년이 지난 2023년 1월, 다시 ENP로 향했다. 그리고 당연한 듯, 1년 후 나는 세 번째로 ENP를 방문했다.

이 책은 자원봉사자로 세 차례 ENP에 방문하여 지냈던 기억의 서툰 기록이다. ENP에서의 시간을 조금 더 많은 이들과 함께 나누고 싶었다. ENP를 찾는 한국인들은 아직 많지 않다. 처음 ENP에 갔을 때, 그 주의 자원봉사자는 70명 정도였는데 그중 아시아인은 넷뿐이었다. 셋은 대만에서 왔고 나는 유일한 한국인이었다. 2023년 다시 ENP를 방문할 때는 지인들과 함께 갔다. 50여 명의 자원봉사자 중 우리 여섯은 유일한 한국인이자 아시아인이었다. ENP의 도그 쉘터 dog shelter에서 일하는 태국인 스태프가 우리에게 말했다.

"여기서 한국인 처음 봐요. 한국인들은 태국에 오면 거의 방콕이나 푸켓, 파타야 같은 곳에 가는데, 여기서 보니까 정말 좋네요."

우리에게 ENP 여행이 쉽지 않은 건 휴가를 길게 쓰기 어려운 상황 때문일 수도 있고, 이런 방식의 여행에 익숙하지 않기 때문일 수도 있다. 어쩌면 정말로 이곳을 모르기 때문일 수도 있겠다는 생각이 들었다. ENP에 대해 누군가 조금만 알려준다면 분명 지금보다는 훨씬 더 많은 이들이 이곳을 찾지 않을까? 코끼리를 새롭게 만나고 싶은 이들이 있지 않을까? 내가 그러했듯이 말이다.

이 책에서는 동물, 비인간 동물, 비인간 존재를 혼용하고 있다. '인간과 동물'이라는 대조 단어는 비록 논리적으로는 틀렸을지 모르나(인간도 동물이기에), 인간 중심적인 이 세계에서는 적어도 어색한 구분이 아니었다. 나에게도 마찬가지였다. 그런데 언젠가부터 인간과 동물이라는 관용구가 조금씩 마음에 걸리기 시작했다. 호모 사피엔스를 다른 종과 구분 지으며 위계화하려는 시도가 다섯 글자에 아로새겨져 있었고, 인간과 동물 사이에는 넘을 수 없는 거대한 장벽이 존재했다. 단어에도, 인식에도, 태도에도.

코끼리를 만나는 횟수가 거듭될수록 더욱 강렬히 확신하게 되었다. 나는 인간이고 너는 동물이라는 말로 우리를 구분 지을 수 없음을. 나는 호모 사피엔스 Homo sapiens, 인간의 학명 ,

너는 코끼리^{Elephas maximus, 아시아코끼리의 학명}라는 것이 유일하게 너와 나를 생물학적인 집단으로 구별할 뿐이며, 종에 상관없이 각자가 지닌 고유의 개체성이야말로 너와 나를 다르게 하는 전부라는 것을. ENP에서 내가 코끼리를 만날 때 어떤 순간은 인간과 동물이었고, 또 어떤 순간은 인간 존재와 비인간 존재였으며, 또 다른 때에는 너와 나, 그리고 각자의 이름이었다. 때로는 나와 전혀 다를 바 없는 고귀하고 존엄한 생명체였고, 때로는 만져보고 싶은 대상이기도 했고, 또 어떤 때는 귀엽다고 여겨지는 관람의 대상이기도 했다. 하지만 이런 혼란이 나는 반가웠다. '인간과 동물'이기만 했던 세상을 벗어나고 있다는 생각이 들어서였다.

나에게 가까이 다가온 코끼리가 눈앞에 서 있다. 인간 동물과 비인간 동물로, 호모 사피엔스와 코끼리로, 너와 나로, 또 각자의 이름으로 그를 마주하는 순간, 비로소 인간과 동물 사이에 있던 장벽과 경계가 투명해지는 느낌이었다.

'상상'이라는 단어는 과거 중국인들이 인도에서 들여온 코끼리 뼈를 보며 그 모습을 떠올린 것에서 유래했다고 한다. 그때는 상상할 수 없었던 놀라운 과학기술의 발전으로 이제 우리는 이 세상 무수한 존재들과 그것을 넘어선 많은 것들을 알고 있다. 과거의 우리가 다른 존재의 모습을 상상해보는 세상에 살았다면, 지금의 우리가 상상해야 하는 것은 바로 나와 다른 존재들의 생각과 마음, 그들의 세상이지 않을까. 그리고 나는 코끼리들을 만나며 그 상상을 시작해보기로 했다.

🐘 ENP 위클리 자원봉사 일정표

	월요일	화요일	수요일
오전	체크인 하기 ↳ 플랫폼 	코끼리 똥 치우기 ↳ 코끼리 쉘터 	코끼리 식사 준비하기 ↳ 코끼리 주방
오후	오리엔테이션 참여하기 ↳ 플랫폼 짐 풀기 ↳ 숙소 	코끼리와의 산책 프로그램 참여하기 ↳ 필드 휴식하기 ↳ 강가 방갈로	코끼리 침대 만들기 ↳ 코끼리 쉘터 대릭과의 대화 프로그램 참여 하기 → 필드 휴식하기 ↳ 도그 쉘터 ↳ 캣 킹덤 태국 문화 배우기 ↳ 플랫폼

이 일정표는 ENP에서 일주일간 활동하는 자원봉사자들의
주요 일정을 정리한 것으로, 활동 내용은 현지 상황에 따라 달라질 수 있습니다.

목요일	금요일	토요일	일요일
돌 모으기 ↳ 강가 개 산책시키기 ↳ 도그 쉘터	탐방하기 ↳ 촉차이 라이딩 캠프 	코끼리 간식 준비하기 ↳ 코끼리 주방 	짐 싸기 ↳ 숙소 체크아웃 하기 ↳ 플랫폼
마사지 받기 ↳ 마사지숍 (플랫폼 2층) 탐방하기 ↳ 스카이워크 		휴식하기 ↳ 카페 (플랫폼 1층) ↳ 슈퍼마켓	

15

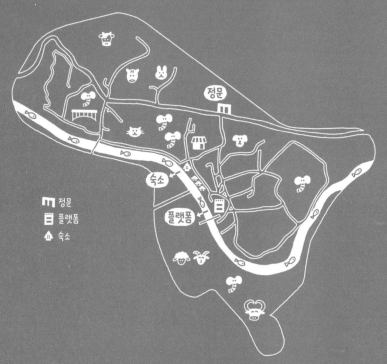

정문

숙소

플랫폼

🏰 정문
🎪 플랫폼
⛺ 숙소

ENP 정문. 소박한 모습이지만 마법의 세계로 들어가는 문이기도 하다.

안녕, 먼데이!

　2024년 1월 8일 월요일 아침, 일찌감치 짐 정리를 끝내고 근처 편의점에 가서 아침밥 대신 먹을 두유를 사 왔다. 잠시 후 체크아웃을 마친 나와 일행은 치앙마이 올드시티에 위치한 숙소 로비에서 ENP 픽업 차량을 기다리고 있었다. 익숙한 로고가 적힌 밴 한 대가 곧 도착했고 앞좌석에서 내린 스태프가 우리 이름을 확인했다.

　각자 짐을 실은 후 차량에 올라탔다. 이미 올드시티 곳곳을 돌며 픽업한 다른 봉사자들이 타고 있었고, 우리가 마지막인 듯 좌석이 모두 꽉 찼다.

　"하이! 저기…… 나 기억해요?"

　옆쪽으로 한 칸 건너 앉은 이가 몸을 앞으로 내밀며 말을 걸어왔다. 진한 눈매에 곱슬곱슬한 긴 금발 머리의 그를 나는 대번에 알아보았다.

　"어머, 안녕하세요! 당연히 기억하죠. 잘 지내셨어요?"

"네, 잘 지냈어요. 그쪽은 어때요? 이렇게 다시 만나네요."

그가 활짝 웃으며 인사를 건넸다.

그는 지난번 ENP 방문 때 만났던, 남아프리카공화국에서 온 봉사자였다. 몇 년 전부터 ENP를 오는데, 매년 이맘때쯤 방콕에 있는 딸을 만난 후 ENP를 방문한다고 했다. 호탕하고 적극적인 그는 ENP에서 하는 모든 일에 거침이 없었다. 특히 하루의 마무리로 술 한잔하는 것을 무척 즐겼는데, 자신이 직접 챙겨 온 보드카를 코디네이터, 봉사자들과 함께 마시기도 했다.

"매년 1월은 딸도 만나고 코끼리도 만나는 시간이네요. 다시 만나 정말 반가워요."

"그러게요. 우리 일주일 동안 또 잘 지내봐요."

"혹시 이번에도 보드카……?"

슬그머니 웃으며 묻는 나에게 그는 의미심장한 미소와 함께 눈을 찡긋거리는 것으로 대답을 대신했다. 우리는 마주보며 웃음을 터뜨렸다.

그렇게 반가운 재회가 이루어지는 가운데 차량은 고속도로로 진입했다. 나는 아침에 산 두유를 꺼내 마시면서 도심을 벗어나 점점 푸르러지는 창밖으로 시선을 돌렸고, 차는

ENP를 향해 달려갔다.

ENP는 세이브 엘리펀트 재단^{Save Elephant Foundation}에서 구조한 코끼리들이 지내는 곳이다. 차를 타고 치앙마이 북쪽으로 1시간 30분 정도 달려야 한다. 엘리펀트 네이처 파크 Elephant Nature Park라는 이름 그대로, 코끼리들이 자연 상태에 가깝게 조성된 공간에서 여생을 보낸다. 현재 이곳에는 120마리가 넘는 코끼리와 2천여 마리의 고양이, 600마리의 개, 100마리 이상의 물소, 그리고 토끼와 닭, 염소, 말, 소, 오리 등 다양한 비인간 동물이 살고 있다. 우리 인간 동물이 그러하듯, 이곳에서 지내는 코끼리들도 저마다 사연이 있다. 삶의 여정도, 성격도, 모습도 모두 다르다.

재단의 설립자인 생두언 차일럿^{Saengduean Chailert}은 렉^{Lek}으로 더 잘 알려져 있다. 태국 전역에서 관광산업 등에 이용되며 비참한 삶을 살고 있는 코끼리를 구조하는 것은 물론, 코끼리 서식지 보호를 위한 활동과 교육을 하고, 코끼리를 소유한 사람들을 설득해 코끼리들의 삶을 개선하는 데 온몸을 바쳐 일하고 있다. 렉은 1990년대부터 어려움에 처한 코끼리들을 돕는 활동을 지속해 왔는데, 기금을 통해 땅을 구입하고 2003년에 지금의 ENP를 설립했다. 그때부터 렉이 구조한 코끼리들은 넓은 공간에서 노역 없는 삶을 살 수 있게 되었다. 태국뿐만 아니라 국경을 맞대고 있는 라오스, 캄보디아에서도 코끼리의 삶은 녹록지 않다. 세이브 엘리펀트 재단은 그 지역에서도 코끼리들을 위한 프로젝트를 활발하게 진행하고 있다. 렉은 최근 「엘리펀트 마더」^{Elephant Mother}라는 제목으로 유럽에서 상영 중인, 그와 ENP에 관한 다큐멘터리 영화를 알리기 위해 먼 길을 오가는 일이 많다. 실제로 그는 '엘리펀트 마더'^{코끼리들의 엄마}라 불린다.

창밖으로 코끼리들이 보이기 시작했다. ENP가 위치한 치앙마이 북부에는 여전히 많은 수의 코끼리 라이딩 캠프^{riding camp, 코끼리 타기 체험을 하는 곳}가 있다. 안장을 등에 진 코끼리들이 간간이 보이는 풍경을 뒤로하고 차가 서서히 속도를 줄였다. 나무로 만든 소박한 ENP의 팻말이 보였고, 차는 왼쪽으로 핸들을 꺾었다. 입구로 들어서면 곧바로 개들이 지내는 공간과 병원이 양옆으로 자리하고 있다. 바닥에 고여 있는 소독약 위를 차량 바퀴가 조심스럽게 차르르르 지나자 휠체어를 타고 산책하는 개들이 보였다. 변함없이 자리를 지키는 정겨운 슈퍼마켓도 눈에 들어왔다. 봉사자들이 머무는 숙소 건물 몇 동을 더 지나고, 플랫폼 입구에서 차가 멈추었다. 그렇게 세 번째 ENP에서의 시간이 시작되었다

짐을 내리면서 주위를 둘러보니 아는 얼굴이 보였다. 내가 유일하게 이름을 기억하는 개, 먼데이다. 황색의 짧은 털, 길게 뻗은 주둥이, 지방이라고는 찾아볼 수 없이 잔근육으로 탄탄한 몸, 주변을 살피느라 바쁜 눈빛, 모두 그대로였다.

"먼데이! 먼데이!"

너무 반가운 나머지 목 놓아 먼데이를 불렀다. 그러자 먼데이가 나를 한번 슬쩍 쳐다보더니 정말 고맙게도 다가와 준다. 그러고는 아주 짧은 스킨십만을 허락한 후 유유히 그 자리를 떠났다.

코디네이터가 우리를 데리고 플랫폼을 돌며 안내하기 시작했다. 하지만 내 눈은 플랫폼 곳곳에 보이는 개들을 좇느라 바빴다. 이름은 기억나지 않지만 익숙한 얼굴이 보일 때마다 반가움에 절로 미소가 떠올랐다. 일 년이 지나 돌아온 곳, 그 자리에서 여전한 모습으로 잘 지내는 누군가를 만나는 건 왠지 모를 안도와 기쁨이었다.

일정 안내 후 코디네이터가 떠나자 나는 다시 플랫폼을

돌며 개들에게 인사를 하느라 바빴고 시간은 금세 흘러 곧 점심시간이 되었다. 일 년 사이 식사 공간에 변화가 생겼다. 이전에는 식사시간이면 주방에서 그릇들을 가지고 나와 복도 한복판에 뷔페를 차렸었다. 그런데 지금은 전용 공간이 따로 마련되어 가열에 필요한 장치와 기본적인 식기 세팅이 다 되어 있었다. 주방에서 일하시는 분들이 훨씬 수월하겠다 싶었다. 음식 맛은 말해 무엇할까. ENP 음식은 모두 비건식이지만, 제아무리 고기를 사랑하는 육식주의자도 불평할 수 없을 맛이다. 이곳에서 첫 식사를 한 일행은 음식을 입에 넣는 동시에 '맛있다'는 감탄사까지 연발하느라 무척 바빴다.

식사 후 플랫폼 2층으로 올라갔다. 오리엔테이션이 시작되기 전 등록을 하고 참가비를 지불했다. 봉사자들에게 하나씩 주는 티셔츠와 일할 때 물병을 넣어 어깨에 멜 수 있는 작은 가방도 받았다.

2020년 ENP에 처음 방문할 때는 갑작스럽게 결정한 터라 예약에 어려움을 겪었다. 홈페이지에 들어가서 예약할 수 있는 날짜를 확인하니 이미 1월과 2월은 모두 차 있는 상태였다.

'아니, 리스본행 비행기표까지 이미 취소했는데 어떡하

지?' 다급하게 이메일을 보냈다. 구구절절 사연을 쓰고, 혹시 대기자로라도 이름을 올릴 수 있는지 문의했다. 곧바로 회신이 왔고, 한 명이라 다행히 들어갈 수 있는 날짜가 있었다.

그 이후로 매번 ENP 일정을 계획할 때마다 예약은 최대한 미리 하려고 애쓴다. 태국은 일 년 내내 여행자가 많은 나라이다. 특히 이곳의 건기이자 겨울에 해당하는 12월부터 2월과 송크란^{Songkran} 축제가 있는 4월 전후는 정말 많은 여행

봉사자들을 태워 ENP로 데려다주는 차.
ENP를 상징하는 코끼리 그림이 붙어 있다.

자들이 태국을 찾는다. 치앙마이도 다르지 않고, ENP도 마찬가지다. 원한다면 일주일 이상 지내는 것도 가능하다. 현장에서 곧바로 더 있겠다는 의사표시를 할 수도 있고, 사전에 여러 주를 예약할 수도 있다. 그런 경우 위클리 봉사자 weekly volunteer, 일주일간 ENP에 머물면서 활동하는 자원봉사자들이 ENP를 떠나는 일요일에 치앙마이로 다시 나가지 않고 이곳에 남아 머물게 된다. 떠날 때마다 다시 돌아올 날만을 기다리는 나는, 언젠가는 가능한 한 오래 ENP에서 지내보고 싶다. 봉사자마저 모두 나간 일요일 오후의 ENP는 어떨지 궁금하다.

내가 유일하게 이름을 기억하는 개,
먼데이

입구에 서 있는 ENP 지도

세 번째 맞는
첫날 밤

지난 두 번의 ENP 방문에서 나는 일곱 명의 코디네이터를 만났다. 그중 한 명은 첫 번째에도, 두 번째에도 만났다. 그와는 종종 안부 연락을 주고받기도 했는데, 이번에 올 때는 구체적인 일정을 미리 알리지 않았다. 플랫폼에서 우연히 그를 만났다. 나를 발견하고는 깜짝 놀라 한껏 동그래진 눈으로 다가와 인사를 했다.

"지원, 왜 온다고 말 안 했어?"

"일정이 급하게 변경돼서 미처 연락을 못했어. 이번 주에 위클리 봉사팀에서 일하는 거야?"

"아니야. 이번 주에는 투어팀^{tour team, ENP를 찾는 관광객을 안내}_{하는 팀}에서 일해. 날짜를 말해주지 그랬어."

그렇게 우리는 재잘거리며 한참 동안 반가움과 아쉬움을 나누었다.

정주하는 곳이 아닌, 여행지에서의 이런 익숙한 만남이

나는 참 좋다. 한 번쯤 방문해 스쳐 지나가는 인연이기 쉬운 전 세계의 여행자 중 다시 돌아온 이를 만나는 건 이곳 사람들에게도 큰 반가움이지 않을까. ENP로 날 불러들이는 건 분명 코끼리만은 아닌 듯하다.

곧 오리엔테이션이 시작되었다. 일주일 동안 함께할 코디네이터들 모두 구면이다. 한 명은 2020년의 첫 ENP에서, 나머지 셋은 지난 ENP에서 함께했다. 물론 그들이 날 기억할지는 모르겠지만, 어쨌거나 익숙한 얼굴들에 나는 마음이 한결 편안해졌다. 50명 정도의 봉사자들도 모두 돌아가며 간단히 자기소개를 했다. 폴란드에서 온 단체 봉사자들, 은퇴 후 손잡고 방문한 노부부, 해마다 주기적으로 이곳을 방문하는 이들, 첫 방문인 사람들까지, 언제나 그랬듯이 국적도 나이도 다양했다.

숙소와 작업팀 배정도 받았다. 네 개의 작업팀으로 나뉘어 작업마다 코디네이터 한 명과 함께하게 된다. 숙소는 보통 일행이나 국적에 맞추어 배정해 주는데 우리 일행 넷은 둘씩 나뉘어 2인실 두 개를 쓰게 되었다. 지난번 머물렀던 공간의 바로 옆방이었다. ㄱ자로 꺾인 2층짜리 숙소 건물의

1층인데, 바로 옆에는 두 코끼리가 각자 밤을 보내는 곳이 있어 아침마다 그들이 서로 코를 휘감으며 인사하는 모습을 가까이에서 볼 수 있었다. 그리고 한편에는 코끼리가 먹을 옥수숫대를 자르는 작업장이 있고, ㄱ자의 움푹 들어간 건물 앞 공간에는 세월이 느껴지는 오래된 아름드리나무의 둥치가 있다. 올려다보아도 그 끝이 잘 보이지 않을 정도로 커다란 그 나무 덕에 빛이 잘 들지 않아 숙소 입구로 들어서면 한낮에도 서늘했다.

오리엔테이션은 주로 한 주간의 일정과 생활에 대한 안내, 안전에 관한 주의 사항 등을 전달하는 것으로 이루어진다.

"자기 컨디션에 따라 참여하세요."

"일하다가 힘들거나 아프면 참지 말고 쉬세요."

"개들에게 먹을 것을 주거나 침실에 들어오게 하지 마세요."

"빨간 스카프를 맨 개들을 피하세요."

"혼자서 코끼리가 있는 쪽으로 가지 마세요."

"코끼리 뒤쪽에 있으면 정말 위험합니다."

코디네이터들이 이곳 규칙을 줄줄이 읊는다. 지난 두 번의 오리엔테이션과 크게 다르지 않았지만, 이번엔 유난히 코디네이터들이 '샤워'를 강조했다.

"자, 여러분. 오전 일이 끝나고 나면 꼭 샤워를 하세요. 그리고 오후 일을 끝내고 나서도 꼭 샤워를 하시고요. 우리 제발 샤워해요. 일할 때 땀 많이 나잖아요? 냄새가…… 흠, 우리 약속해요, 하루에 두 번은 샤워하기로."

태국식 영어 억양으로 "플리즈 테이크 어 샤워!"^{Please take a shower!}를 농담 반 진담 반 표정으로 얘기했는데, 뇌리에 깊이 박혀버렸는지 다음 날 소똥을 치운 후 샤워하지 않고 점심밥을 먹으러 갔던 나는 코디네이터를 마주치자 그 말이 떠올라 후딱 인사만 건네고 거리 두기를 했다. 때때로 봉사자들이 풍기는 지독한 땀 냄새가 그들의 직장 내 고충일 수 있겠다 싶었다. 실제 1~2월에도 ENP는 한낮에 30도를 훌쩍 넘나들며 햇살이 상당히 뜨겁다. 작업에 따라서는 땡볕에서 하는 경우도 있어 땀도 나고 이물질이 묻기도 하니 적절한 샤워와 세탁은 꼭 필요하다. 샤워기에서 물도 잘 나오고 세탁 서비스도 잘되어 있으니 사실 변명의 여지가 없다. 그렇지만 한국과 달리 편안한 옷을 입고 망설임 없이 바닥에 철퍼덕 주저앉기도 하고 흙투성이 개들과도 서슴없이 스킨십을 하는 그 자유로움이 너무도 좋아서 나는 정말 신나게 만끽했던 것 같다.

첫날 저녁 식사 후에는 환영 행사가 있었다. 지역 원주민 어르신이 봉사자들 하나하나에게 팔찌를 묶어주셨다. 일주일을 안전하게 보내라는 기원과 기도가 담긴. 실로 엮어 만든 이 팔찌는 묶은 부분을 풀어서 빼면 안 되고 저절로 끊어질 때까지 착용하거나 강한 힘으로 끊어야 한다고 했다. 지금도 내 손목에는 이날의 흔적이 그대로 남아 있다. 이 팔찌가 끊어지기 전에 다시 ENP에 갈 수 있기를 바라는 다짐과 바람을 담아.

일정을 모두 마치고 숙소로 돌아왔다. 어느새 밤이 되었고 ENP에 고요함이 찾아왔다. 싱글 침대 두 개와 화장실, 큰 창이 있다. 벽에는 선풍기가 하나 달려 있고, 침대 위에는 캐노피 모기장이 설치되어 있다. 이 시기에는 숙소에 모기가 거의 없어 모기장을 사용할 일이 없고, 낮에도 그늘진 곳과 실내는 시원하고 밤에는 쌀쌀하기까지 해서 선풍기도 쓸 일이 없다.

이곳으로 다시 올 때마다 매번 크고 작은 변화를 맞닥뜨리는데, 그중 가장 혁신적인 변화는 바로 숙소에서도 와이파이 접속이 가능해진 것이다. 첫 방문 때는 플랫폼에서만 와이파이가 가능해서 숙소에서는 책을 읽거나 음악을 듣거나 그날 찍은 사진들을 보면서 하루를 마무리하고는 했다. 몇 년 사이 방까지 들어와 버린 와이파이 덕분에(탓에) 이제는 타국의 침대에 누워 한국에서 오늘 방영한 프로그램의 영상을 보는 것도 가능해졌다. 그런데 그게 좋지만은 않은 것 같다. 밖에서 당연한 것처럼 소비하는 일회용품과 동물성 식품이 ENP에서는 기본값이 아닌 것처럼, 어디서든 빵빵 터지는 와이파이도 기본값이 아니었던 첫 방문 때가 좋았었다. 익숙한 세상에 빠져 이곳에서만 경험하고 누릴 수 있는 근사한 것들을 놓치고 있다고 생각하지 않을 수 없었다. 스스로 휴대폰 사용을 자제할 만큼의 통제력은 부족하니 차라리 안 되는 편이 나았어, 라고 말도 안 되는 탓을 하면서.

그럼에도 여전히 ENP의 밤은 일상에서 경험하기 어려운 순간들로 나를 이끌어준다. 다른 것들에 가려서 들리지 않았던 소리가 들려오고, 중요하지만 내쳐진 생각들이 떠오른다. 어떤 날은 쉬이 잠이 오지 않아 말똥말똥 눈을 굴리기도 하지만 어느새 나도 모르게 단잠에 빠져들어 정신을 차리면 다음 날이었다.

일 년 만에 다시 돌아온 ENP에서의 첫날 밤, 그리웠던 코끼리들과 개들과 고양이들과 사람들이 하나하나 떠올랐다. 눈을 감아도, 눈을 떠도.

새로 지어 깔끔한 숙소

지역 원주민 어르신의 환대

메도의 비뚤어진 뒷모습에는 고통스런 삶의 여정이 고스란히 담겨 있다.

메도, 너무 슬퍼서
아름다운 뒷모습

2020년, 메도^{Medo}의 모습을 처음 보았을 때 '처참하다'는 생각밖에 들지 않았다. 나는 그의 모습을 똑바로 쳐다볼 수가 없었다.

비뚤어진 뒷모습. 등에는 척추뼈가 뾰족 솟아 있고, 양쪽 골반이 뒤틀린 채 내려앉아 굳어버린 모습으로 그가 서 있었다. 서지도 앉지도 못한 어정쩡한 모습이었다. 발목이 틀어진 오른쪽 뒷다리는 왼쪽과 길이가 맞지 않아 걸음을 옮길 때면 몸 전체가 기우뚱거렸다. 얼굴을 제외한 몸 전체의 뼈란 뼈는 모두 제자리를 벗어난 듯 보였다. 내가 오전 일을 마칠 때쯤이면 메도는 매일 같은 자리에 있었다. 나는 차마 메도를 정면으로 바라보지 못했다. 그렇게 그의 뒷모습만 내게 잔상으로 남아 있었다.

어린 메도는 불법 벌목장에서 일을 시작했다. 굴러오는

큰 통나무에 오른쪽 발목이 부러졌고, 치료받지 못한 발목은 뼈가 부러진 모습 그대로 굳어버렸다. 무거운 나무를 옮기는 일을 더 이상 할 수 없게 된 메도는 비용만 들어가고 자리만 차지하는 고장 난 기계 같은 존재가 되었다. 소유주는 이곳저곳으로 메도를 팔기 위해 애썼지만 마땅치 않았고, 결국 메도는 강제 교배와 출산이 이루어지는 곳으로 팔려 갔다. 짧은 쇠사슬로 사지가 모두 묶인 채 갇혀 있는 메도를 발정기의 커다란 수컷 코끼리가 타고 오르려 했지만 그는 격렬하게 거부했다. 흥분한 수컷 코끼리는 메도를 공격했고, 메도는 바닥에 나뒹굴었다. 골반이 부러졌고 메도는 일어설 수도, 도망갈 수도 없었다. 메도의 소유주는 또다시 그를 팔 수 있는 곳을 수소문했고, 그는 오지의 작은 마을로 팔려 갔다. 마을에서 집, 사원 등을 지을 때 필요한 자재를 옮기는 일을 하며 7년의 세월을 혼자 지냈다. 그리고 2006년, 메도는 렉에게 구조되어 ENP로 왔고 자유를 얻었지만 다른 코끼리들과 어울리는 데는 꽤 많은 시간이 필요했다.

누군가에게는 메도가 인간에게 착취당한 코끼리를 떠올리게 하고, 또 누군가에게는 장애가 있는 한 존재의 모습으로 다가오고, 누군가에게는 깊은 교감을 나누는 좋은 친구이고, 또 다른 누군가에게는 연민과 돌봄의 대상일 수 있다. 하지만 메도는 그저 자신의 삶을 살아가고 있을 뿐이다. 지난 시간도, 오늘의 이 순간도, 앞으로의 매일도.

내가 매일 메도를 보면서도 몇 장 되지 않는 뒷모습 사진밖에 없었던 건 마음이 불편해서였다. 그의 몸을 보며 고통스럽지 않을까 하는 마음에 표정이 일그러졌고, 가까이 다가가 앞모습을 마주할 자신이 없었던 것이다.

이제 와 생각해보니 어쩌면 그건, 내가 비단 메도뿐만 아니라 장애가 있는 다른 모든 존재를 대하는 그릇된 방식인 것 같다. 그들의 삶 자체보다는 장애에 집중하는 방식. 함께 잘 살아가는 세상이 되기 위해 어떤 것이 필요할까를 생각하기보다는 연민의 마음으로 다가가는 방식. 그리고 무엇보다 장애가 없는 이들과는 어쨌든 다른 삶을 살 것이라는 생각. 그런 것들.

ENP를 다시 방문한 2023년 1월의 어느 날, 메도는 오후 햇살 아래 강에 들어가 있었다. 물속에 머리를 넣었다가 빼고는 코를 한껏 들어 올리고 "히잉" 하고 높게 울리는 소리를 냈다. 환희가 느껴지는 소리였다. 물 밖으로 나와 코로 진흙을 빨아들여 등 위로 뿜었다. 철퍽, 하고 진흙이 몸에 차지게 붙는 게 기분 좋아 보였다. 통나무에 몸을 비비며 간지러운 곳을 긁은 후 촉촉한 진흙투성이의 몸으로 돌아가는 뒷모습이 3년 전 보았던 메도와는 완전히 달라 보였다. 메도가 달라진 것인지, 내 마음이 달라진 것인지는 모르겠다. 분명한 건, 메도가 이 순간을 온전히 즐기고 있다는 것, 살고자 하는 의지가 충만하다는 것이었다. 나는 그 순간에서야 메도를 자신의 삶을 살아가는 한 존재로서 똑바로 바라보게 되었다. 그의 뒤로 길게 늘어진 햇살 아래 반짝이는 메도의 실루엣이 아름답다고 생각했다. 과거의 메도는 발목이 부러져도, 골반이 무너져도 치료 한 번 받을 수 없는 '물건'이었지만 이곳의 메도에게는 늘 사랑과 돌봄이 함께한다. 고귀한 생명으로서 메도는 늘 한결같았고, 달라진 것은 그를 바라보는 나의 마음, 사람들의 마음뿐이다.

세 번의 ENP에서 여러 코끼리들을 만났고 그들의 이야기를 들었고 그중에서도 특별히 기억에 남아 자주 생각나는 코끼리들이 있지만, 2020년의 첫 ENP에서 만났던 코끼리들은 더욱 그렇다. 그들 중 할머니 코끼리 몇몇은 그사이 세상을 떠나기도 했다. 메도는 1976년 정도에 태어난 것으로 추정된다. 이제 겨우 40대 후반이다. 앞으로도 ENP를 갈 때마다 오래도록 그를 만날 수 있을 거라는 사실이 내게 안도감을 준다. 메도가 서른 정도에 이곳으로 왔으니, 서른 해의 고통스러운 삶을 훌쩍 뛰어넘을 오랜 시간을 ENP에서 건강하고 자유롭고 안온하게 살아가면 좋겠다. 사랑받기 위한 어떤 조건도 필요치 않은 이곳에서.

메도는 다른 코끼리들과 어울리는 데
시간이 꽤 많이 걸렸다.

104세 야이부아. ENP에서는 어린 코끼리를 돌보는 할머니 유모가 되었다.

야이부아,
100년 만에 찾은 자유

코끼리가 그렇게나 오래 사는 존재라는 것을 처음 알았다. 나이 든 인간의 모습과 별다른 바 없이 푹 꺼진 관자놀이, 축 늘어진 살, 그리고 몸 곳곳에 툭툭 튀어나온 관절과 혹이 보였다. 그는 느린 움직임으로 마른 옥수수잎을 먹고 있었다.

2020년에 만났던 야이부아$^{Yai Bua}$는 ENP에서 가장 나이 많은 코끼리였다. 당시 104세. 코끼리의 평균 수명은 사람과 엇비슷하니까, 야이부아는 104세의 사람 할머니와 같았다. 그런데 그는 100세였던 2016년에야 이곳으로 왔다. 야이부아는 60년을 벌목 현장에서 무거운 통나무를 끌었고, 40년 동안 매일같이 관광객을 등에 태웠다. 그렇게 100년을 살다가 구조되어 이곳에 와서, 죽어야 끝났을 일들을 더 이상 하지 않을 수 있었다. 먹고 싶을 때 먹고, 자고 싶을 때 자고, 다른 코끼리와 소통하고, 움직이고 싶은 곳으로 움직일 수 있는 자유를 얻었다.

인간 동물의 필요, 아니 욕구에 따라 벌목이나 관광산업 등에 동원된 코끼리들은 아주 어릴 때 엄마에게서 강제로 분리되어 '파잔'^{Phajaan}이라는 잔인한 과정을 거친다. 야이부아도 그랬다. 그는 살면서 다섯 번 출산했다. 하지만 아이들을 모두 그렇게 빼앗겼고 죽임을 당했다. 야생의 코끼리들은 매우 끈끈한 유대감으로 모계 무리를 이루고 사는데 ENP에 온 코끼리들은 아주 어릴 때 엄마에게서 떨어져 여기저기 팔려 다녔기 때문에 가족이 없는 경우가 대부분이다. 그래서 ENP에 오는 코끼리들은 기존 무리에 섞이거나 새롭게 무리를 이루기도 하지만, 때로는 다른 코끼리들과 결국 융화되지 못하고 홀로 지내기를 택하기도 한다.

다행스럽게도 야이부아는 ENP에서 지내는 코끼리 무리에 자연스럽게 녹아들어 어린 코끼리의 할머니 유모^{granny}가 되었다. 야생에서도 무리 지어 살아가는 코끼리들은 엄마와 유모가 함께 아기 코끼리를 키우고 돌본다. 이들은 대부분 친족 관계인 경우가 많지만 그렇지 않은 경우도 있다. 그렇게 유모가 된 야이부아가 새로운 가족 안에서 느끼는 유대감은 고령의 그에게 살아갈 의지를 불러일으켰다.

코끼리를 구조하는 기준이 무엇이냐는 질문에, 나이는 기준이 되지 않는다고 했다. 곧 죽을지도 모를 상태여서, 혹은 나이가 아주 많다고 해서 구조를 포기하지는 않는다는 의미이다. 평생을 인간 동물에게 학대받으며 살아온 코끼리가 남은 생이라도 '존엄하게' 보내야 하기 때문이다. 그래서 100세의 야이부아도 이곳으로 올 수 있었다. 야이부아는 방콕에서 멀지 않은 관광 도시인 파타야에서 구조되었다.

100세가 되도록 그렇게 일하고 있었다면, 아주 오래 전에 치앙마이에서 내가 등에 올라탔던 그 코끼리도 여전히 그런 지옥 같은 삶을 살고 있겠다는 생각이 들었다. 너무 많은 감정이 밀려와서 나는 한참 떨어져 말없이 그를 바라볼 수밖에 없었다. 나도 모르게 다른 생명들에게 얼마나 많은 잘못을 저지르며 살고 있는지. '몰랐다'는 것은 결코 변명이 되지 않는다는 걸 이제는 알기에 그가 살아온, 내가 감히 상상할 수도 없는 100년을 생각하니 코끝이 자꾸만 시큰해졌다.

지금도 야이부아를 떠올리면 가슴이 먹먹해진다. 이제는

이제는 만날 수 없는 야이부아

ENP에 가도 그를 만날 수가 없다. 코로나 팬데믹으로 세상은 어지러웠고, 한국에 돌아온 후 집에 갇혀버린 채 ENP에서 보낸 시간들을 미처 정리하지 못하던 날에 야이부아가 세상을 떠났다는 소식을 들었다. 울컥 눈물이 솟구쳤다.

야이부아는 여느 날처럼 천천히 걸어 수영장으로 들어가 아픈 관절을 물에 맡긴 채 휴식을 취했고, 음식도 잘 먹었다고 한다. 그날 밤 자리에 드러누웠고, 야이부야를 돌보는 마훗^{mahout,} 코끼리를 돌보는 사람이 렉에게 연락을 했다. 나이가 많거나 아픈 코끼리들은 누웠다가 스스로 일어나기 어렵기 때문에 잘 눕지 않으려고 한다. 그런데 정말 오랜만에 야이부아가 누웠다고 한다. 그래서 렉은 야이부아가 그 밤을 편안하게 쉬겠다고 생각했단다. 보통의 날과 다름없었던 야이부아였기에 모두들 그날 밤이 마지막일 거라고는 예상치 못했다는 것이다.

그렇게 야이부아 할머니는 깊은 잠에 들었고 다시 깨어나지 않았다.

마지막에 야이부아가 떠올린 삶의 순간은 무엇이었을까. 긴 고통의 세월을 보내고 마침내 얻은 짧은 자유와 편안함이었지만 부디 좋았던 순간들만 떠올리며 잠들었기를. 다음 번에 갈 때도 다시 만날 수 있기를 바랐지만, 이제는 기도로 야이부아 할머니를 기억한다. 야이부아를 향한 렉의 마지막 인사처럼.

아름다운 야이부아, 평화와 안식을 빌어요. Rest in peace, beautiful Yai Bua.

팬데믹 기간에 엄마와 함께 구조된 차바와 비마이

코끼리의 육체와 영혼을
짓밟는 파잔

코끼리 등에 올라탄 적이 있다. 치앙마이에 처음 여행을 갔을 때다. 고산족 마을에 가서 하룻밤을 지내는 여행 상품이었는데, 마을로 올라가는 산길을 코끼리를 타고 이동했다. 코끼리 등에 올라타고 가는 내내 마음이 편치 않았다. 물론 그때는 내가 탄 코끼리가 그 일을 하기까지 얼마나 힘겨운 시간을 보냈는지 잘 몰랐다. 아니, 상상조차 할 수 없었다.

그러다 어느 날, 인간 동물과 함께 지내는 코끼리들의 삶에 대해 알게 되었다. 내가 올라탔던 코끼리가 떠올랐고, 그 누구도 원망할 수가 없었기에 오히려 황망했다. 인간 동물의 수명과 비슷하다면, 그 코끼리는 지금도 태국 어딘가에서 그렇게 살고 있지 않을까. 내가 그 코끼리의 삶에 무게를 더해주었다는 사실이 괴로웠고, 무지했던 그때의 내가 미웠다. 처음 ENP에 갔을 때 만난 할머니 코끼리 야이부아에게 가까이 다가갈 수 없었던 것도 그 때문이었다. 100년이라는 시간 동안 겪어온 고통이 아로새겨진 야이부아의 모습을 마주할 자신이, 나는 없었다.

아시아코끼리는 전 세계에 3만 마리 미만으로 남아 있는 것으로 알려져 있고, 태국에만 약 3~4천 마리가 있다. 그중 절반 정도는 사람에게 길들어져 관광산업을 비롯한 여러 분야에서 '이용'되고, 나머지는 국립공원이나 보호구역 등에서 살고 있다.

사람에게 길든 코끼리를 태국을 포함한 동·서남아시아 국가에서 어렵지 않게 만날 수 있다. 아기 코끼리와 사진을 찍고 돈을 내거나, 길에서 음식이나 돈을 구걸하는 코끼리도 볼 수 있다. 코로 붓을 쥐고 그림을 그리는 코끼리와 서커스에서 공연을 하는 코끼리도 본다. 라이딩 캠프에서 관광객들을 태우는 코끼리들도 익숙하다.

그런데 코끼리는 매우 사회적인 존재로, 모계 중심으로 무리를 이루고 생활한다. 지능도 매우 높아서 '길든다'라는 단어가 적합하지 않다. '포기한다'라는 표현이 그들의 상태를 보다 잘 설명할 수 있을 것 같다. 그리고 코끼리들의 '포기'를 위해 이루어지는 과정이 바로 파잔이다.

파잔은 주로 두 살에서 다섯 살 사이의 어린 코끼리들에게 행해진다. 어린 코끼리를 엄마에게서 떼어내는 것부터가 당연히 쉽지 않다. 특히 야생에서는 어린 코끼리를 잡아 오는 과정에서 엄마를 포함한 무리의 다른 어른 코끼리들을 죽이는 경우가 다반사다. 어린 코끼리를 데리고 오는 데 방해가 되고, 그들의 저항이 이를 행하는 사람에게 위협이 되기 때문이다.

그렇게 인간 동물의 손에 들어온 어린 코끼리는 크러쉬 박스crush box라고 불리는 폐쇄 틀에 갇혀 사지가 묶인다. 코끼리는 온몸을 맞거나 불훅bullhook으로 예민한 귀 뒤쪽과 머리 곳곳을 끊임없이 찔리는 신체적 학대를 당한다. 불훅은 갈고리처럼 끝이 뾰족하게 생긴 도구로, 코끼리를 훈련하거나 조종할 때 사용한다. 그뿐만이 아니다. 제대로 잠도 자지 못하고 물과 음식도 먹을 수가 없다. 이 과정은 며칠이고 계속된다. 두려움에 질린 코끼리가 무력감을 느끼고 더 이상 저항하기를 멈추고 포기할 때까지. 이 과정에서 절반 정도는 살아남지 못하거나 신체적, 정신적으로 심각한 문제를 갖게 된다. 그리고 귀와 머리는 불훅에 찔린 상처로 가득해진다. 파잔 과정에서 코끼리의 저항과 공격으로 인해 적지 않은 수의 사람도 크게 다치거나 목숨을 잃는다.

파잔은 태국 북부에서 어린 코끼리를 길들이기 위해 사용해 온 오래된 관습이자 의식이며 지금도 여전히 다양한 형태로 존재하고 있다. 우리가 태국을 비롯하여 캄보디아, 미얀마 등에 여행을 가서 코끼리를 탈 수 있고 서커스에 등장하는 코끼리를 만날 수 있고 길에서 사람들과 함께 돈을 버는 코끼리를 볼 수 있다는 것이 그 증거이다. 그러니 우리가 코끼리를 타거나, 공연을 보거나, 아기 코끼리와 사진을 찍는다는 것은 파잔을 지속시키는 데 동참한다는 의미이기도 하다. 지능이 높고 사회적 관계를 맺으며 정체성을 가지고 스스로를 인식하는 존재인 코끼리에 대한 파잔은 흔히 다른 말로 '코끼리의 정신과 영혼을 부수는 것'breaking an elephant's spirit/crushing of an elephant's soul이라고 표현된다.

파잔이 끝나면 평생의 삶을 옥죌 무거운 쇠사슬이 다리에 묶인다. 그리고 사람을 태우거나 불법 벌목이 이루어지는 숲에서 나무를 옮기거나 서커스에서 공연을 하거나 코로 붓을 쥐고 그림을 그리거나 길거리에서 관광객의 동정을 무기로 구걸하는, 이제 더는 코끼리가 아닌 코끼리의 삶을 살아야 한다. 그 삶은 글자 그대로 '죽어야' 끝이 난다.

ENP에 사는 코끼리들도 어린 시절 파잔을 겪었고, 또 생생하게 기억한다. 어떤 코끼리는 자신이 낳은 아기 코끼리를 손쓸 틈 없이 사람들에게 빼앗기는 아픔을 여러 번 겪기도 했다. '가축'으로서의 코끼리가 출산하면, 그 아기 코끼리는 당연하게 파잔 과정을 대물림처럼 이어받는다. 그렇게 몸도 마음도 갇혀버린 채 살다가 구조되어 ENP에 온 코끼리들의 약 80퍼센트는 장애를 갖고 있다. 부러진 후 치료받지 못해 그대로 굳어버린 척추나 다리, 보이지 않는 눈, 들리지 않는 귀를 가졌거나 혹은 정신적인 문제로 힘들어하기도 한다.

한 줄기 위안은, 이곳으로 구조되어 온 코끼리들의 변화다. 갈비뼈가 드러날 정도로 앙상하고 곧 쓰러질 것 같았던 몸에 적당히 살이 붙고 둥글둥글해진다. 언제든 진흙 목욕을 즐길 수 있게 되면서, 회색빛으로 건조하던 몸이 윤기 나는 적갈색을 띠며 건강한 코끼리의 모습을 갖추어간다. 무엇보다 눈빛이나 표정이 이전과는 확연히 달라진다. 공포와 불안으로 가득 찬 눈빛은 더 이상 볼 수 없다. 비록 파잔의 기억은 사라지지 않지만 포기하고 절망하는 것만을 겪어온 코끼리들이 소소한 일상의 행복들로 하루가 채워지는 경험을 하고 있지 않을까. 뜨거운 한낮 시원한 강물로 뛰어들면서, 진흙 위를 뒹굴면서, 친구와 신나게 수다를 떨면서, 바람에 실려 오는 꽃내음을 맡고 새소리를 들으면서, 맛있는 과일 케이크를 먹으면서, 나른한 오후에 꾸벅꾸벅 졸면서. 그렇게 매 순간 평온한 마음과 행복한 기분을 표현하던 모습이 내게는 큰 위안이 된다. 어쩌면 그건 나를 위한 위안이지만, 내가 그렇게 느끼는 것이 부디 사실이었으면 좋겠다.

차바와 비마이가 물놀이하며 행복해하는 모습은 그들을 바라보는 모든 이를 행복하게 만든다. 동물원, 라이딩 캠프, 벌목장, 서커스단, 길거리에서 삶을 이어가는 코끼리들은 어쩌면 평생 누릴 수 없는 시간일지도 모른다. 인간 동물에게 이용되는 대부분의 비인간 동물들은 야생에서는 필요치 않은 과정을 거쳐야 하거나, 본능과 습성에 맞지 않는 방식으로 살아가야 한다. 지능이 높고 낮고, 쾌락과 고통을 느끼고 아니고는 중요한 것이 아니다. 사실 비인간 동물의 지능 혹은 행복과 고통이라는 것은 우리가 이해할 수 있는 방식으로 측정하는 것일 뿐, 모든 존재는 각자 나름대로 세상을 받아들이고 살아가고 느끼는 인식의 방법을 가지고 있으니 그것으로 어떤 생명 존재의 가치를 매길 수는 없지 않을까.

세상 모든 것에는 보이는 것 이면에 숨겨진 이야기가 있다. 특히나 '자연스럽지 않게' 인간 사회에서 살아가는 비인간 존재의 뒤편에는 그들이 말하지 못하는 무수한 사연이 있다. 의도적·비의도적으로 숨겨져 있는 이야기가 있을 것이라 생각하고, 그 이야기에 관심을 가지고 귀를 기울이고 알아내는 것은 우리의 책임이다. 알아야 다음 단계로 나아갈 수 있기에.

팬데믹 기간에 엄마와 함께 구조된 차바와 비마이는 파잔을 경험하지 않았다. 앞으로도 그럴 일은 없다. ENP 여기저기를 돌면서 코끼리들의 이야기를 듣고 있는데 차바와 비마이가 갈피 없이 우다다 다가오자 코디네이터들이 긴장한다.

"차바와 비마이는 파잔을 겪지 않아서 사람을 두려워하지 않아요. 자기가 얼마나 힘이 센지도 모르고요. 작년에 봉사자 한 명이 아기 코끼리에게 부딪혀 갈비뼈가 부러졌어요. 조심해야 해요."

차바와 비마이는 사지가 묶인 채 공포에 질려 사람들에게 복종하는 법을 배우는 대신 엄마와 이모들에게 자신을 조절하는 방법, 다른 코끼리들이나 사람들과 어울려 지내는 방법을 배울 것이다. 아기답게, 어린이답게, 청소년답게, 그렇

게 자연스럽게 자랄 수 있을 것이다. 그리고 무엇보다 코끼
리답게.

파잔으로 고통당하는 코끼리
©Deanna Deshea

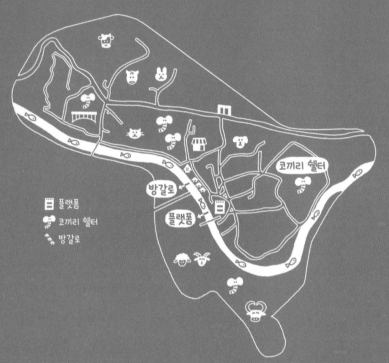

일출과 함께하는 다소 몽롱한 아침 식사

더할 수 없는
미미의 시간

화요일 아침이면 봉사자의 하루가 본격적으로 시작된다. 오전 7시, 아직 어둠이 남아 있는 길을 걸어 식당으로 향한다. 잠이 덜 깬 채 따뜻한 차를 머그잔에 받아 손에 들고 아침 식사 세팅이 끝나길 기다린다. 어스름이 걷혀가는 이른 아침의 풍경을 바라보면 여전히 꿈결같이 느껴진다.

1, 2월 치앙마이의 아침은 상당히 쌀쌀하다. 토스트를 굽기 위한 숯불 그릴이 준비되면 따듯한 온기를 찾아 사람들이 그 주변으로 하나둘 모이기 시작한다. 고요하면서도 다소 몽롱한 아침 풍경이 나는 참 좋다. 먹을 만큼 식빵을 집어 그릴 위에 올리면 코디네이터가 이리저리 뒤집으며 구워준다. 배가 고파 식빵을 잔뜩 집어 올렸더니 이걸 다 먹을 거냐며 놀리는 그에게 식빵을 태우면 어떡하냐며, 나는 기다렸다는 듯 장난 섞인 구박을 되돌려주며 그렇게 아침을 깨우곤 한다. 바삭하게 잘 구운 식빵에 식물성 버터와 잼을 바르고, 현

미우유에 시리얼을 말고, 길게 채 썬 오이와 당근, 탱글탱글한 방울토마토를 담고 수박까지 두 조각 집어 올린다. 마지막으로 태국식 죽인 쪽Jok을 그릇에 한 국자 담아 접시에 올려 아침 식사를 완성한다.

아침노을로 물든 하늘을 보면서 느릿느릿 밥을 먹고 있으면 플랫폼 앞으로 코끼리가 지나가고, 출근하는 사람들이 지나가고, 잠에서 깬 개들이 곁으로 다가온다. 이곳은 모두에게, 모든 것에 무해한 곳. 내 식탁 위에 놓인 음식에는 다른 생명의 끊어진 숨결, 누군가의 노동을 착취한 흔적, 쓰레기나 일회용품으로 환경에 주는 부담, 이 모든 것이 담겨 있지 않다. 지금 이 순간 아침을 함께 맞이하는 코끼리와 물소와 개와 고양이와 이곳의 모든 존재에게 미안할 게 없는 식사를 하는 것이다. 마음이 더없이 편안하다. 나는 이곳의 식사를 '미미'美味라고 불렀다. 시작부터 끝까지 착취의 흔적을 찾아볼 수 없을뿐더러, 그 맛도 최고로 좋은.

ENP에서는 하루 세끼가 비건 뷔페로 제공된다. 맛있다는 말로는 부족할 정도로 맛있고, 종류도 많아서 하나하나 다 먹어보기도 쉽지 않다. 점심은 ENP에 들어오는 반나절 투어 혹은 하루 투어 여행자들까지 함께 먹는데, 하이라이트는 위클리 봉사자들을 위한 저녁 식사이다. 기본적으로 차려지는 뷔페 음식 외에 매일 다른 특식이 준비되는데 버거, 쌀국수, 피자, 꼬치구이와 코코넛팬케이크 등이 나온다. 모든 음식이 양도 충분하고 맛

코코넛팬케이크

도 좋아서 하루 종일 몸을 꽤 움직이는데도 마음 놓고 먹으면 살이 붙는 건 순식간이다. 채식에 대한 편견을 깨기에 이곳의 식사는 더할 나위 없다. 누구든 ENP에서는 식사 시간을 기다릴 수밖에 없다.

그리고 한국인으로서는 더욱 특별한 메뉴가 있다. 2023년, 두 번째로 ENP를 방문했을 때다. 수요일이었던 것 같다. 웬일인지 저녁 식사가 늦게 준비되는 것 같아 의아해하고 있었다. 드디어 세팅이 끝났고, 우리는 접시를 들고 음식을 담기 시작했다.

"응? 이거 떡볶이야?"

깜짝 놀라 함께 온 친구에게 확인을 요청했다. 그런데 그

게 끝이 아니었다. 잡채와 김밥이 이어졌고, 심지어 김치와 무말랭이, 해초무침 반찬까지 등장했다. 고개를 갸우뚱하고 있는데 조금 떨어져서 음식을 담고 있던 렉이 먼저 말을 걸었다.

"한국에서 왔죠?"

"안녕하세요, 렉. 혹시 저 기억하세요? 팬데믹 직전에 왔었는데."

"그럼요, 기억해요. 이렇게 친구들하고 같이 또 와주다니 정말 고마워요."

그러면서 덧붙였다.

"한국인이 여섯이나 왔다는 이야기를 들었어요. 그래서 내가 '그래? 그럼 한국 음식을 한번 해야지!' 싶어서 오늘 이렇게 준비했어요. 맛있게 먹어주면 좋겠어요."

이곳의 환대는 가끔 이렇게 감당할 수 없을 만큼 넘실거린다.

이번에 방문한 ENP에서도 어김없이 한국 음식이 나왔다. 넷이었던 우리 일행이 있는 주간이라 그런 건가 했는데, 이후 ENP를 다시 방문한 친구가 비밀을 파헤쳐 왔다. 매주 수요일 저녁의 특식이 한국 음식이라고. 2023년의 그날엔 처음 준비하는 한국 음식에 주방이 우왕좌왕했는지 식사 준비가 늦어졌지만 이제는 떡볶이, 잡채, 김밥 정도는 아무것도 아닌 듯 여유롭게 준비된다고 했다. 이 특식이 앞으로도 ENP에서 계속되려면 한국 사람들이 꾸준히 이곳을 찾아야겠지만, 실은 그보다 더 시급한 이슈가 있다. 외국인 봉사자들이 김밥을 '스시롤'이라고 부르며 일본 음식이라고 하는 경우가 적지 않았다. 이 모습을 본 일행은 두 주먹 불끈 쥐고 이렇게 외쳤다.

"다음에 올 땐 김밥 이름이랑 소개 글을 써서 이름표를 만들어 올 거예요!"

어떤 이유로든 언제나 '다음'을 기다리게 하는 ENP의 매력은 끝이 없다. 좀 더 많은 이들이 이곳에 가서 '미미의 시간'을 즐기길!

맛있는 비건 뷔페

퇴비가 된 코끼리 똥에서 싹을 틔운 수박 새싹

코끼리 똥의 비밀

이 일을 하지 않고 ENP 자원봉사자라고는 할 수 없지 않을까? 첫 임무는 ENP 봉사자들의 기본이자 필수 코스, 코끼리 똥 치우기였다.

우리는 장갑을 끼고 창고에서 삽을 하나씩 챙겨 든 후 비장하게 똥을 향해 걸음을 옮기기 시작했다. 밤사이 코끼리들이 싸놓은 똥을 삽으로 떠서 트럭에 싣는다. 트럭은 너무 낡아서 움직이나 할까 싶은데, 똥을 옮기는 데는 전혀 문제가 없다. 처음에는 삽만 사용하지만 어쩐 일인지 한 번에 많은 똥을 옮기고 싶은 욕심이 저절로 생긴다. 이건 손을 사용할 때가 되었다는 뜻이다. 과감하게 손으로 똥을 집거나 굴려 삽 위에 그득하게 쌓는다. 한 삽에 똥을 많이 쌓을수록 내 마음에도 덩달아 뿌듯함이 쌓인다. 도대체 왜인지 그 이유는 모르겠다. 하지만 육체노동의 맛에 은근히 중독되어 근육을 더 많이 사용할수록 성취감이 느껴진다고나 할까. 봉사자들의 이어지는 삽질로 트럭 짐칸에 어느 정도 똥이 차고 나면 오래된 트럭은 한껏 털털거리는 소리를 내며 똥밭을 다녀오고, 우리는 마치 처음인 것처럼 다시 작업을 시작한다.

손으로 만져도 더럽다는 생각이 들지 않고(물기가 은근히 스며드는 낡은 장갑 정도는 꼈다), 실제로 냄새도 거의 나지 않는 코끼리 똥을 치우다 보니 과거에 겪었던 '똥'과 관련한 경험들이 꼬리를 물고 소환된다. 나는 여행하는 동안 '똥'과 얽힌 경험을 꽤 했는데, 인도에서는 소똥도 사람 똥도 다 밟아 본 적이 있다. 특히 소똥은 우람한 부피와 달리 냄새가 그다지 나지 않아 신기하게 여긴 기억이 있다. 작은 개똥도 코끝을 찌르는 냄새가 나기도 하니 말이다. 이렇게 소똥에서 코끼리 똥으로 이어지는 냄새나지 않는 똥을 접하면서, 초식을 하면 똥 냄새가 나지 않는 것일까 하는 궁금증을 갖게 되었다. 나는 비인간 동물들의 그것에 대해 거부감이 없는 편이다. 아마도 시간이 지나면서 '추억'이라는 이름으로 그리움과 함께 남은 똥에 대한 이런저런 기억 때문일 수도 있고, 산책할 때마다 무념무상으로 주워 담는 우리 집 반려 강아지 Y의 그것 때문일 수도 있을 것 같다. 어쨌거나 코끼리들의 집

ENP에서 봉사자는 코끼리의 똥과 당연히 마주하지만 동글 동글 예쁘장하고 냄새도 거의 나지 않으니 거창한 마음의 준비는 필요하지 않다.

아기의 건강 상태를 체크할 때 똥을 살펴보는 것처럼, 코끼리가 밤새 눈 똥을 치우는 것은 그런 의미에서도 중요하다. 코디네이터들은 작업팀과 함께 일하면서 똥을 보고 코끼리들의 컨디션을 알아보기도 했다. 어떤 곳에서는 동글한 똥이 아닌 모래에 흡수되거나 흘러내린, 상태가 좋지 않은 묽은 똥을 모래와 함께 삽으로 퍼서 치워야 했다.

"여기 코끼리는 아픈가 봐요. 똥이 너무 상태가 안 좋아요. 괜찮은 거예요?"라며 봉사자들이 근심 어린 마음으로 코디네이터에게 물으면 "맞아요. 소화가 잘 안돼서 치료받고 있는 코끼리예요. 괜찮아요. 마훗이랑 수의사가 잘 돌보고 있어요."라며 우리를 안심시켜주었다. 그러니 동글동글한 코끼리 똥이 얼마나 예뻐 보이는지는 말할 것도 없었다.

그렇게 코끼리 똥을 모아 똥 밭으로 옮겨놓으면 그곳에 있던 물소들이 슬그머니 다가간다. 코끼리 똥은 물소들이 즐기는 먹이로, 소화 과정을 한 번 거친 다양한 영양소와, 채 소화되지 않은 채소와 과일 등이 섞인 영양 덩어리이다. 그리고 그곳에서 퇴비가 되어 ENP 한편에 있는 밭으로 되돌아간다.

지난해 생명다양성재단에서 주최한 '똥 생태학' 강연에 참석한 적이 있다. 참가비를 입금하면서 '이지원_똥'이라고 입금자명을 쓰면서(주최 측에서 입금자명을 이렇게 쓰라고 한 적은 없다) 헤헤 웃고 있는 내 모습을 깨닫고 실소가 터졌다. 나 정말 똥을 좋아하는구나 싶어서. 그리고 나는 웬만해서는 질문하지 않는데, 가슴에 품었던 질문을 하지 않을 수가 없었다.

"초식동물의 똥은 육식동물이나 잡식동물의 똥보다 냄새가 덜 나는 것 같은데, 정말 그런가요?"

직접 똥을 채집하고 다닌 연구원들은 입을 모아 말했다. 확실히 초식동물의 똥은 냄새가 덜 나며, 심지어 날다람쥐의 똥은 그냥 손으로 만져도 전혀 꺼림직하지 않을 정도라고 덧붙였다. 사실 똥 냄새는 미생물이 똥을 분해하는 과정에서 나는 여러 화학 물질 냄새인데, 다양한 종류의 양분과 찌꺼기가 섞여 있을수록 더 많은 미생물이 활동하고 냄새도 그만큼 많이 나게 된다고 한다. 인간은 대장 내 미생물의 무게가 몸무게의 4~5퍼센트를 차지한다고 하니, 그런 의미에서

인간의 대장은 어쩌면 지구상에서 생명 다양성이 가장 풍부한 곳 중의 하나일 것이라는 재미있는 설명이 와닿았다. 결국 똥 냄새는 미생물들의 '조향'이라는 문학적 표현으로 큰 깨달음을 얻었던 흥미로운 시간이었다.

삽질을 하고 맨손으로 코끼리 똥을 모으고, 똥을 가득 실은 경운기에 올라타 똥밭으로 이동하며 바람과 풍경을 즐기는 순간들. 모두 생경한 경험인데 즐거웠다. 햇살 아래 몸을 움직이며 땀 흘리는 것, 코끼리들이 잘 먹고 건강하다는 것을 증명하는 똥을 치우는 것, 그것이 사용되고 자연으로 되돌아가는 방식, 모든 것이 자연스럽다고 생각했다. 복잡한 생각을 잊을 수 있었다.

그런데 '자연스럽다'는 것은 대체 무엇일까. 우리는 잘 정돈된 식재료를 마트에서 사 와서 집에서 조리해 먹고, 포장 쓰레기와 음식물 쓰레기를 집 밖으로 분리 배출한다. 온라인에서 판매자가 세

봉사자의 필수 코스, 코끼리 똥 치우기

71

련된 감성 사진으로 찍어 올린 물건을 주문하고 택배 상자를 뜯어 물건을 잘 어울리는 곳에 위치시키고 상자와 비닐, 스티로폼 등의 포장 쓰레기를 내다 버린다. 내가 지내는 공간은 이제 말끔해진다. 하지만 이런 방식의 삶에서 우리와 이어져 있는 무수한 인간 존재와 비인간 존재, 산, 들, 강, 습지, 바다와 단절되었고, 잊었다. 날씨에 의존하는 농부, 흙 속의 지렁이, 밤새 장거리 운전을 하는 화물차 노동자, 밤잠을 포기한 새벽 택배 노동자와 미끄러운 눈길을 달리는 플랫폼 노동자, 쓰레기 수거 시설과 자원 순환 시설의 노동자, 착취 당하고 죽임 당하는 농장 동물이나 실험 동물과 같은. 그들은 분명 세상에 존재하지만, 우리의 삶에는 존재하지 않는 것 같다.

농촌사회학자 정은정은 "서울 한복판에는 세 가지가 없다. 쓰레기장, 발전소 그리고 도축장이다."라고 했다. 우리나라 대도시에 거주하는 사람이라면 대부분 해당할 법하다. 단일 도시로는 아마도 가장 많은 쓰레기를 배출하고, 가장 많은 에너지를 소비하고, 가장 많은 육류를 먹어 치우는 서울에 적을 두고 있는 나는 누구의 희생으로 그 풍요를 누리고 있을까. 도시는 거대하고 편리하고 깨끗하다. 정제되고 정돈

된 것만 보며 살아가는 우리는 모든 것을 누리지만, 그 모든 것의 시작과 끝은 보지 못하고, 알지 못한다. 내가 집 밖으로 내다 버린 쓰레기가 어디에 어떻게 묻히고 태워지면서 온실가스를 내뿜고 지하수를 오염시키고 있는지, 나도 모르는 새 누가 그 많은 쓰레기를 치우는지, 내가 사용하는 에어컨과 전등을 작동시키는 전기가 어디에서 시작되는지, 그 발전소와 송전탑 주변의 사람들과 다른 생명들의 삶은 무사한지, 내가 소비하는 고기는 살아 있을 때 어디에서 어떻게 길러지는지, 더운 여름날 고속도로를 지날 때 인상을 찌푸리게 되는 분뇨 냄새를 매일 맡으며 살아가는 이들은 누구인지, 소와 돼지와 닭의 생명을 빼앗는 일을 하는 사람들은 적절한 대우를 받고 있는지, 마음에 트라우마는 없는지, 그런 것들을.

그런데 ENP는 '연결되어 있음'을 느끼게 하는 곳이다. 내가 먹는 음식이 어떤 재료로 누가 어떻게 만드는지를 알고, 나에게서 쓰임을 다하고 버려지는 것들의 가치와 의미를 생각하고, 그곳에서 자유롭게 지내는 코끼리와 자유로운 나의 삶이 이어져 있다는 것을 느끼는 순간이 많았다. 일상에서 끊어졌던 고리들을 다시 연결해나가는 시간이었고, 어쩌면 그 이유로 ENP에서 머무는 시간이 때때로 비현실적으로 느껴졌는지도 모르겠다. 모든 것이 있지만 그 모든 것의 시작과 끝은 존재하지 않아서 그 어느 곳보다 깨끗하고 편리한 곳에 나는 살고 있다. 하지만 지저분하고 알고 싶지 않은 것과의 물리적 단절을 넘어 마음과 생각에서마저 그 모든 것과의 연결고리를 깨끗이 끊어버린 삶이 자연스러운 것인지는 모르겠다. 그렇게 살아가는 것이 정말 괜찮은 것인지. 몸은 무거워지고 머릿속이 복잡해질 때면, 간결하고 소박했던 ENP에서의 시간이 그리워진다.

곱게 쌓인 흙더미에서 초록 새싹이 뽕뽕 고개를 내밀고 올라온 모습이 사랑스럽다. 질 좋아 보이는 그 흙더미는 개들의 놀이터가 되기도 하는데, 군데군데에서 이런 흙더미를 발견할 수 있다. 퇴비가 되어가는 코끼리 똥이다. 그 안에 잠들어 있던 수박 씨앗이 싹을 틔웠다. 야생에서도 코끼리 똥은 생태계에 매우 중요한 역할을 한다. 하루에 약 200킬로그램을 먹는 코끼리는 먼 거리를 이동하면서 숲과 초원 곳곳에 약 100킬로그램의 똥을 배출한다. 똥 속에 들어 있던 다양한 식물의 씨앗은 코끼리 똥을 거름 삼아 싹을 틔우고 숲을 이룬다. 흙더미에 돋아난 수박 새싹의 비밀은 다름 아닌 '자연스러움'이었다.

코끼리 똥밭에 모여있는 물소들의 즐거운 식사시간

트럭에 가득 찬 코끼리 똥

발로 하는 코끼리들의 대화, '럼블' ©stella.L

할머니 코끼리
짜증 나셨네

아침나절에 한바탕 난리가 났다. 온 ENP가 떠나갈 정도로 코끼리들이 큰 소리를 내고 있었다. 플랫폼 여기저기에 흩어져 있던 사람들의 시선이 한 곳으로 향했고, 강변 쪽에는 얼핏 보아도 열 마리가 훌쩍 넘는 코끼리들이 보였다. 코끼리들도 우왕좌왕, 사람들도 우왕좌왕, 이게 대체 무슨 일인가 싶어 다들 2층과 연결된 스카이워크^{Sky Walk, 공중에 떠 있게 만든 구름다리식 통로}로 모여들었다.

스카이워크에서 내려다보니 두 무리의 코끼리가 함께 있었다. 아기 코끼리 차바와 비마이 무리, 그리고 통애^{Thong Ae} 무리였다. 지금까지 ENP에 여러 차례 머물면서 과거에 들어본 적 없는 코끼리 소리를 들었다. ENP 이전에 내가 코끼리를 본 건 동물원에서 잠시 스쳐 지나는 정도였을 테니, 코끼리 소리를 들어봤을 리 만무했다. 이곳에서는 코끼리들이 코를 한껏 들어 올리며 내는 트럼펫과 비슷한 소리를 자주 들었는데, 몸집이 큰 만큼 소리의 크기도 상상보다 훨씬 크다. 가까이에서 들으면 귀가 먹먹해질 만큼. 그런데 이날 코끼리들이 내는 소리는 정말 다채로웠다. 엄청난 폐활량을 증명하는 듯한 길고 강한 트럼펫 소리, 눈을 감고 들으면 호랑이라도 나타난 듯한 낮게 으르렁거리는 소리, 거대한 고양이가 내는 듯한 그릉그릉 그르릉 소리, 그리고 쩍쩍 혹은 끽끽거리는 소리까지, 귀로 들려오는 소리만으로도 현장의 긴박감과 흥분이 전해졌다. 도대체 무슨 이야기를 하는 걸까? 너무 궁금했다.

우연히 만난 두 무리의 코끼리들은 서로 코를 맞대기도 하고 앞으로 다가갔다 뒤로 멀어지기도 했다. 어린 코끼리들은 흥분을 주체하지 못하고 우다다 하는 모습으로 뛰어다녔고, 마훗들은 긴장한 모습으로 코끼리들을 예의 주시하고 있었다. 혹시 이들이 다투기라도 하는 걸까? 영문을 몰라 호기심 반 걱정 반으로 코끼리들을 한참 지켜보고 있으니 코디네이터들이 설명해주기 시작한다.

"차바 무리랑 통애 무리가 여기서 우연히 만났어요. 처음 만난 거죠. 지금 서로 호기심이 넘쳐서 약간 흥분한 상태예요. 새로운 만남이 신나고 좋은 거예요."

그제야 상황이 이해되어 고개를 끄덕이는 우리를 보고 한 마디 덧붙인다.

"그런데 무리끼리 만나서 이렇게까지 반응하는 건 우리도 처음 봐요."

이날 본 코끼리들은 정말 수다스러웠다. 그렇게나 활발하게 대화와 감탄사를 주고받는 모습이 신비롭고 감동적이었다.

사실 코끼리들의 대화는 우리 인간 동물에게 들리지 않을 때도 계속되고 있다. 럼블rumble이라고 불리는 코끼리의 저음은 대부분 인간 동물이 들을 수 있는 주파수 밖에 있는데, 땅이나 공기를 통해 무려 30킬로미터 밖에 떨어져 있는 다른 코끼리에게까지 전달된다. 이때 코끼리들은 귀가 아니라 발에 있는 또 다른 감각을 통해 이 소리를 듣는다고 한다. 럼블을 통해 맛있는 열매가 있다거나, 위험 요소가 있다거나 하는 등 생존과 이동에 필요한 다양한 정보를 멀리 있는 친구에게 알려준다는 것이다. 땅이나 공기를 타고 전해지는 친구의 마음이라니, 대체 어떤 느낌일지 정말 궁금하다. 공기 중에 친구의 목소리가 둥둥 떠다니는 걸까? 땅 표면에 흐르는 전기처럼 찌릿찌릿 전해지는 사랑일까? 인간 동물로서 가지지 못한 감각이라 잘 상상이 되지 않아 안타까웠다. 어쨌든 코끼리는 정말 육상 최고의 멋진 존재인 것이 분명하다.

코끼리들만큼이나 흥분했던 마음을 겨우 가라앉히고 개
산책 봉사를 하러 도그 쉘터 쪽으로 발걸음을 옮겼다. 지나
는 길에 담요를 두른 코끼리를 만났다. 보통 색색의 천을 조
각보처럼 이어 만든 퀼팅 담요가 대부분인데, 이 코끼리는
신데렐라가 그려진 하늘색의 반짝거리는 디즈니 담요 옷
을 입고 있었다. 그 모습을 카메라에 담다 보니, 문득 지난번
ENP를 방문했을 때 알록달록 담요를 벗겠다며 짜증 내던
할머니 코끼리가 떠올랐다.

"히잉~ 히잉~."

오전 일을 끝내고 플랫폼으로 돌아오는 길이었다. 어디선
가 코끼리 소리가 들려왔다. 왠지 짜증이 잔뜩 묻은 소리였

다. 말이 내는 소리와 얼핏 비슷하지만, 코끼리의 소리는 그보다 훨씬 크고 사방으로 울린다. 무슨 일인가 싶어 소리 나는 쪽을 보았는데, 그 자리에 있던 모두가 폭소를 터뜨리고 말았다.

쌀쌀한 아침에 마훗이 할머니 코끼리에게 담요를 덮어주었는데, 이날은 마훗이 온도 체크를 게을리한 걸까. 해가 떠오르면서 공기가 꽤 따뜻해졌는데도 마훗이 담요를 벗겨줄 생각을 하지 않자 코끼리는 직접 코로 망토를 벗겨내기 시작했다. 그런데 목에 묶여 있는 매듭 때문에 마음대로 되지 않자 짜증이 났던 것이다. 잠시 후에 마훗이 이 모습을 발견하고 달려가서 도왔지만, 이미 코끼리의 마음을 풀어줄 골든타임을 지난 듯했다. 두 명의 마훗이 양쪽에서 매듭을 풀려고 끙끙거리며 애썼지만 잘되지 않았고, 참다못한 코끼리가 다시 한번 소리를 꽥 질렀다. 귀가 쨍할 정도로.

"히이잉! 아유, 빨리 이것 좀 벗겨봐!"

할머니 코끼리는 단단히 짜증이 났지만, 나에게 그 모습은 절대적인 진리를 다시 한번 확인하는 순간이었다. '살아 있는 모든 존재는 감정을 느끼고 표현한다'는, 의심의 여지 없는 진실을.

홀로 있기를 선택한 조키아

조키아, 빛을 잃어
빛을 찾은 이야기

오후에는 우리 팀 코디네이터와 함께 필드를 한 바퀴 돌았다. 코끼리들을 만나면서 그들의 이야기를 들었다. 필드를 돌아다니기에는 오후 햇살이 무척 뜨거웠지만, 한낮의 쨍한 빛 아래에서 총천연색으로 빛나는 풍경과 그 안에서 평화롭게 자신의 시간을 보내고 있는 코끼리들을 바라보는 건 무척 근사한 일이었다.

한 바퀴를 거의 돌아 플랫폼으로 돌아올 때쯤이었다. 코끼리 한 마리가 옆으로 지나가는데, 머리 위에 잔디가 잔뜩 올려져 있었다. 호기심이 생겨 코디네이터에게 물었다.

"왜 머리에 풀을 올려놓는 거죠?"

돌아온 대답에 나는 심쿵.

"시원하기도 하고, 또 나중에 먹으려고 저장해두는 거예요."

놀라우면서도 사랑스러운 이유에 나는 또 한 번 코끼리에게 반해버렸다.

모두 자신만의 이야기가 있다. 이날 잠시 잠깐 만난 코끼리들도 우리와 마찬가지로 저마다 다른 삶의 조각을 갖고 있었고, 또 특별했다. 그중에서도 사람들이 유난히 관심을 기울이거나 많이 회자되는 코끼리들이 있었는데, 조키아 Jokia도 그중 하나다.

1960년에 태어난 조키아는 1999년에 ENP로 왔다. 렉이 우연히 조키아를 발견했다고 한다. 당시 조키아는 매우 화가 난 상태로 숲속에서 크게 소리치고 있었고 렉이 그 소리를 듣게 되었다는 것이다.

조키아는 불법 벌목 현장의 노동에 동원되던 코끼리였다. 어마어마한 무게의 통나무를 끌기 위해 그의 몸에는 나무와 연결된 밧줄이 매였다. 조키아는 임신한 상태였지만 일해야 했다. 통나무를 끌 때마다 조키아의 몸에 매인 밧줄은 엄청난 압력으로 그의 몸 곳곳을 누르고 당겼다. 결국, 품고 있던 아기 코끼리는 유산되었다. 이후 조키아는 실의에 빠졌고 일하기를 거부했다. 일하지 않고 돈이 되지 않는 코끼리를 데리고 있을 이유가 없는 소유주는 그를 끔찍하게 학대했고, 조키아는 어린 시절 받았을 파잔과 다름없는 시간을 또다시

견뎌야 했다. 분노에 찬 소유주와 마훗은 총을 들어 그의 눈을 정확히 겨누었고 조키아의 세상은 암흑이 되었다.

그렇게 빛을 잃은 조키아는 ENP에 와서 빛과 다름없는 친구를 만났다. 1992년에 구조된, ENP의 첫 번째 코끼리인 매펌^Mae Perm은 조키아가 온 순간부터 망설임 없이 그를 환대해주었다. 매펌은 앞이 보이지 않는 조키아 곁에서 코와 소리를 통해 그에게 길을 안내하고 세상을 보여주었다. 그리고 다른 코끼리 무리에 조키아를 소개해주기도 했다. 둘의 우정은 2016년 매펌이 죽을 때까지 변함없이 이어졌다. 매펌이 떠난 후 조키아는 음식을 거부하고 슬픔에 잠겼지만, 매펌이 살아 있을 때 조키아를 소개했고 종종 시간을 함께 보냈던 아기 코끼리 나반^Navaan과 그의 엄마인 스리프레 ^Sri Prae 무리의 일원으로 받아들여졌다. 그러면서 삶의 의지를 회복할 수 있었다. 특히 아기 코끼리가 있는 무리와 가족을 이루면 육아를 함께하는 유모 역할을 맡으면서 나이 든 코끼리라도 삶의 활력을 얻는 경우가 많다. 조키아 역시 그랬다. 그리고 스리프레는 매펌이 조키아 곁에서 하던 일들을 자연스럽게 이어받았다.

조키아의 삶은 안정되어가는 듯했다. 하지만 뜻하지 않은 사건이 벌어졌다. 2020년, 누군가 ENP 상공에 띄운 드론 소리에 코끼리들이 겁에 질렸다. 특히 앞이 보이지 않는 조키아의 두려움은 더욱 컸다. 스리프레는 조키아를 진정시키려고 애썼지만 당황한 조키아가 이리저리 뛰어다니다 울타리를 부수고 급기야 스리프레 쪽으로 돌진해 부딪혔다. 이후 둘 사이는 멀어졌다. 그들이 이전처럼 지내지는 않지만 스리프레는 분명 조키아를 염려하는 듯 지금도 종종 그의 거처를 찾아온다. 그리고 조키아는 홀로 지내는 시간이 많아졌다.

아이를 잃은 조키아가 음식을 거부하고 일하기를 거부했던 것, 우정을 나누었던 오랜 친구 매펌이 먼저 떠난 후 마찬가지로 얼마간 음식을 거부했던 것은 애도의 시간이지 않았을까. 야생의 코끼리가 장례 의식을 치르듯, 조키아도 떠나보내는 대상과 스스로를 위해 애도의 시간이 필요했을 것이다. 하지만 인간이 아닌 동물이 지녔을 것이라고 인정되지 않는 슬픔과 우울과 애도의 감정이나 의례 같은 것들이 그들을 상품이나 노예처럼 이용하는 곳에서 허락될 리 없었다.

ENP 사람들도, 조키아의 이야기를 알게 된 나와 같은 사

머리 위에 잔뜩 올려놓은 잔디

람들도, 모두들 조키아가 다시금 다른 코끼리와 끈끈한 유대 관계를 맺고 살아갈 수 있기를 기원한다.

ENP에서 무리를 이루고 잘 지내는 코끼리들, 끝끝내 홀로 지내길 스스로 선택하는 코끼리들, 친구를 원하지만 어려움을 겪는 코끼리들의 이야기를 접하면서 우리는 여전히 비인간 동물에 대해 단단히 오해하고 있다고 생각할 수밖에 없었다. 인간만이 이성과 감정을 가지고 그에 따라 자율적인 선택을 할 것이라는 생각, 동물은 욕구와 본능만을 따르는 삶을 살 것이라는, 그 오래된 신화 같은 생각을 여전히 버리지 못했다는 것을. 코끼리들도 좋아하는 음식과 싫어하는 음식이 있고, 가까워지고 싶은 친구와 멀리하고 싶은 친구가 있다. 관계를 맺는 데 시간이 필요한 성향이 있는 반면 적극적인 친화력을 가진 코끼리도 있다. 발정이 오거나 가임기라고 해서 인간이 데리고 온 상대와 무조건 본능적으로 짝짓기를 하지는 않으며, 함께 지내던 동료가 떠난 빈자리를 단순히 다른 코끼리가 채울 수 있는 것도 아니다. 돌이켜보면, 내가 ENP에서 코끼리들을 만나며 얻은 가장 큰 배움은 종에 관계없이 모든 존재를 각각의 고유한 인식 체계와 감정과 성향을 가진 개체로 바라보게 된 것이다.

삶은 때때로 이해할 수 없을 정도로 아이러니하다. 조키아가 유산을 하고 끔찍한 학대를 받으며 극한의 고통 속에 있었기 때문에 ENP에 올 수 있었던 것처럼. 그는 눈으로 볼 수 있는 밝은 세상은 잃었지만, 그래서 마침내 어둠 속에서 빠져나오게 되었다. 빛을 잃어서 빛을 찾은 것이다.

눈이 보이지 않는 할머니와 코끼리

마음껏 환대하고
충분히 환대받고

"저는 눈이 보이지 않아요."

오리엔테이션 시간에 돌아가며 자기소개를 하는데, 할머니 한 분이 그렇게 말씀하셨다. 혹시 내가 잘못 들은 게 아닐까 했다. 혼자서 먼 타국까지 오신 것이 놀라웠고, 이곳에 봉사자로 오셨다는 것은 더욱 그랬다. 그분 곁에는 늘 누군가가 있었다. 옆에 아무도 없으면 누군가가 다가가서 간단히 자기소개를 한 다음에 그분 팔꿈치를 잡고 함께 이동하고 일하는 것을 도왔다. 그마저도 없으면 코디네이터 중 누군가가 곁을 지켰다. 그분은 혼자인 순간이 없었고, 우리가 하는 일 대부분을 함께 하셨다.

어느 오후, 강물에서 놀다 나온 코끼리들을 보러 다 함께 필드로 나갔는데 코끼리들과 함께 있던 렉이 그 할머니를 발견했다. 렉은 할머니의 손을 꼭 잡고 코끼리 곁으로 모시고 갔다. 눈이 보이지 않는 코끼리였다. 할머니는 눈 대신 부드러운 손길로 코끼리에게 인사를 건넸다. 그건 코끼리도 마찬가지였다. 먼발치에서 그 모습을 바라보며 느꼈던 감정을 뭐라 표현할 수 있을까. 마치 영화의 한 장면처럼 내 뇌리에 깊이 새겨졌다.

환대, 그리고 해방

비현실적이어서, 일상에서는 어색하고 낯설기까지 한 이 단어를 온몸으로 온 마음으로 경험할 수 있는 곳이 바로 ENP였다. 이곳에서 조건 없이 환대받으며 과거로부터 해방되는 코끼리들, 누구라도 마냥 반기는 개들, 마주칠 때마다 활짝 미소 짓는 모든 이들은 서로의 귀함과 고유함을 존중해주는 듯했다. ENP에서 다른 존재의 환대와 해방의 모습을 바라보는 것은 말할 수 없이 아름다웠다. 그리고 그곳에 존재하던 나에게도 어김없이 그러한 순간들이 있었고, 특히 첫 ENP에서의 기억은 매우 특별했다.

2020년 1월 말, 처음 ENP를 방문했을 때다. 그 주에는 약 70명의 자원봉사자가 함께했다. 눈앞에 펼쳐지는 ENP의 모든 것이 믿어지지 않을 만큼 좋았지만 낯선 공간, 낯선 사람들 속 유일한 한국인으로서 나는 다소 위축되어 있기도 했다. 그런데 둘째 날에 나는 의도치 않게 내 존재를 시끌벅적하게 알리게 되었다.

그날 주방에서 오전 일을 마친 우리팀은 코끼리에게 수박을 주러 필드에 나와 서 있었다. 마침 생리 중이기는 했지만, 일하면서 특별히 힘들거나 덥다고는 생각하지 않았다. 그런데 코끼리를 바라보며 서 있는 동안 스르르 시야가 흐려지기 시작했다. 이상함을 감지한 나는 옆에 있던 룸메이트에게 힘없이 중얼거렸다.

"나 좀 이상한 것 같아."

"이상하다고? 무슨 말이야?"

그의 말이 채 끝나기도 전에 나는 정신을 잃었다. 다시 정신이 돌아왔을 때는 그늘로 옮겨져 누운 채였고, 누군가가 내 얼굴에 조금씩 물을 뿌려주고 있었다. 눈을 뜨자 주위를 둘러싸고 있던 다른 봉사자들이 안부를 물어왔고, 나는 코디네이터가 몰고 온 전동차에 실려 숙소로 이동했다.

그날 오후 작업을 나가지 않고 방에서 쉬었다. 그때, 함께 방을 쓰는 캐나다 친구 둘이 들어오더니 짐가방에서 뭔가를 꺼내 화장대 위에 물과 함께 올려놓았다.

"이따 이거 물에 타서 꼭 먹어. 훨씬 빨리 회복될 거야."

친구들은 오후 작업을 나가고 나는 다시 잠에 들었다. 한 잠 자고 난 뒤 깨서 화장대로 갔더니, 멀티 비타민과 이온 파우더가 놓여 있었다. 룸메이트들이 놓고 간 마음을 손에 들고 한동안 바라보았다. 비타민과 이온 파우더를 물에 타서 몇 모금 마신 후 방문을 열고 밖으로 나갔다. 일광욕을 하고 있던 빅오렌지가 다가와 내 다리에 몸을 비빈다. 햇살을 머금은 그의 털 때문일까, 전해지는 온기가 정말이지 따뜻했다.

그러잖아도 유럽인들 사이에서 몇 안 되는 아시아인이자 유일한 한국인으로 눈에 띄었을 텐데, 이후로 나는(실체와 전혀 달리 약체로 인식되어) 만나는 모두에게 "괜찮니?", "힘들면 쉬어."라는 말을 계속 들어야 했다. 돌봄이나 챙김을 받는 것에 익숙하지 않은 편이라 그런 순간들이 고마우면서도 부담스럽긴 했지만, 마음이 따끈해지는 건 어쩔 도리가 없었다.

그로부터 이틀 후, 나는 생일을 맞았다. 여전히 다소간의 컨디션 난조 상태였지만 ENP에서 맞은 생일은 아침에 눈을 뜨는 순간부터 그냥 좋았다. 내가 좋아하는 것으로 가득한 곳에서 온전히 보낼 수 있는 생일이라니, 더 바랄 것이 없었다. 새벽부터 날 반기는 빅오렌지, 맛있는 식사, 코끼리가 있는 풍경, 꼬리 치며 다가오는 개들, 환한 미소로 인사를 건네는 카페 사장님, 몸을 움직이며 즐겁게 일하는 시간, 마음껏 하늘과 초록을 바라볼 수 있는 여유, 모든 것이 넘치는 선물이었다.

오후 작업을 마친 후 나는 강변 오두막에서 쉬고 있었다. 저녁시간이 되었지만 속이 좋지 않아 건너뛰려던 참이었다. 다들 저녁을 먹으러 가서 고요해진 그곳에는 나만 있었다. 손에는 책을 쥐고 눈앞의 풍경을 멍하니 바라보고 있는데 인기척이 느껴졌다. 고개를 돌려 뒤를 바라보았다. 뭔가 우당탕하는 느낌으로 코디네이터들이 서 있었다. 가장 앞에 선 왓의 손에는 초를 꽂은 케이크가 들려 있었다.

"지원, 여기 있었네! 정말 한참 찾았어."

코디네이터들이 생일 축하 노래를 부르며 다가왔다. 나는 너무 놀라고 당황해서 어떤 표정을 지어야 할지, 지금 내 표정이 어떤지 도저히 가늠할 수가 없었다. 어떻게든 민망함을 줄여보고자 휴대폰을 급하게 열어 동영상을 찍었다. 서툰 발음이지만 야무지게 '지원'이라는 이름까지 넣어 노래를 끝까지 불러준 코디네이터들이 소원을 빌고 촛불을 끄라며 케이크를 내밀었다. 소원이 따로 필요할까, 그냥 이 순간으로 충분할 것 같은데.

"우리 진짜 여기저기 뛰어다니면서 엄청 찾았어. 여기 있을 줄이야! 왜 저녁 안 먹어?"

"미안해. 속이 좀 안 좋아서 쉬고 있었어. 정말 고마워."

"아직 몸이 계속 안 좋아? 무리하지 말고 힘들면 쉬어. 아, 그리고 생일 정말 축하해!"

케이크를 받아 들고 저녁을 먹고 있는 룸메이트들에게 가서 주변의 다른 봉사자들과 나누었다. '생일 축하해'라는 인사를 끊임없이 들으면서. 건너 건너 케이크를 입에 넣은 봉사자들 중에는 나중에야 케이크의 출처를 알고서는 하루가 지나고 다음 날 아침에 만난 내게 "어제 생일이었다며! 정말 축하해. 덕분에 먹은 케이크 진짜 맛있더라."며 따뜻한 인사를 전했다. 나중에 알고 보니, 여권에 기재된 생년월일 정보를 보고 봉사자의 생일을 서프라이즈로 축하해주는 건 ENP의 전통이었다. 케이크는 당연히 이곳 셰프님이 직접 만드신 비건 케이크인데, 다른 음식이 그렇듯 케이크 맛도 끝내준다.

이곳에서는 코끼리의 생일에 채소와 과일로 케이크를 만

ENP에서는 생일을 맞은 코끼리에게 케이크를 만들어준다.

들어준다. 온갖 과일과 채소를 깎고 잘라 화려하고 예쁜 케이크를 만들어 생일을 맞은 코끼리가 좋아하는 곳으로 배달한 후 주인공을 초대한다. 놀라운 솜씨로 뚝딱뚝딱 작품 같은 케이크를 만들어내는 전담팀이 있지만, 봉사자들에게도 케이크를 만들 기회가 주어진다.

같은 재료로 만들어도 코끼리마다 먹는 방식도 좋아하는 부분도 다르다. 어떤 코끼리는 든든한 쌀밥부터, 어떤 코끼리는 시원한 수박부터, 또 어떤 코끼리는 채소와 과일만 골라 먹기도 하고, 또 다른 코끼리는 앞뒤 없이 한꺼번에 크게 떠서 입으로 넣기도 한다. 각자의 취향과 식성과 선호가 이렇게나 확실하다. 이들이 거리낌 없이 편안하고 자유롭게 그 취향을 표현한다는 것이 참 좋았다. 이곳은 코끼리에 대한 환대로 가득하다. 아니, 코끼리뿐 아니라 개도 고양이도 물소도, 그리고 사람도 환대하고 환대받는다. 누구나, 모두가.

ENP에서 내가 마법 같은 순간들을 누릴 수 있었던 것은 착취와 학대로 얼룩진 삶을 살아온 코끼리의 슬픔을 마침내 알아차렸기 때문일지도 모른다. 그리고 코끼리의 삶으로 돌아오는 그들을 환대하고 온전한 해방을 바라 마지않는 그 마음이 코끼리에게만 향할 리 없었다. 이곳에 머무르는 모든 존재들은 그렇게 서로가 서로를 환대하고 그 존재의 해방을 응원하는 듯했다. 각자가 마음속에 품고 있는 해방을. 그래서 ENP 방문 이후의 내 삶 또한 그대로일 수는 없었다.

이곳에 오는 모두가 나와 같은 경험을 하고 같은 감정을 느끼지는 않겠지만, 적어도 각자가 경험하고 느낄 순간들이 그 무엇으로도 대체 불가하리라는 것만은 분명하다.

2020년 첫 ENP에 머무는 동안 틈틈이 읽었던 책 『매일이, 여행』에서 요시모토 바나나는 자신이 키우던 허스키 견과의 처음이자 마지막이었던 한밤의 눈놀이를 회상했다. 그리고 그 기억에 대해 이렇게 전한다.

"마법의 문은 늘 열려 있다. 사실은, 언제나. 그것을 찾아내고 못 찾아내고는 우리에게 달려 있다. 그렇게 생각한다."

공감과 감탄의 나지막한 탄성을 내뱉으며 고개를 든 순간, 파스텔 색감으로 빛나던 낮 한때의 풍경이 선명하게 떠오른다. 그 풍경 속엔 감금과 절망의 시간을 넘어 환대와 해방의 삶을 누리고 있는 코끼리가 있었다. 나는 내게 늘 열려 있는 마법의 문들 중 하나를 찾아냈고 그 문으로 들어온 것이 분명하다고, 그렇게 생각했다.

생일 케이크를 먹는 코끼리.
입맛에 잘 맞나요?

평온해 보였던 노이나의 오후

노이나 할머니의 부고

2023년 3월의 어느 날, 어쩐 일로 첫 번째 알람에 눈이 떠졌다. 여전히 무거운 눈꺼풀을 힘겹게 부여잡고, 잠을 깨기 위해 휴대폰을 열었다. 미간에 잔뜩 힘을 준 채 흐릿한 초점으로 밤사이 올라온 피드를 보다가 ENP의 피드에서 멈추었다. 할머니 코끼리 노이나^{Noi Nah}에 대한 소식이었다.

노이나, 흙으로 돌아가다. Noi Nah, returns to the earth.

2015년, 일흔 살 나이에 구조되어 ENP에서 여생을 보내고 이제 다시 흙으로 돌아간 노이나. 그는 관광산업에 동원되어 등에 사람들을 태우며 생의 대부분을 보냈다. 방콕에서 멀지 않은, '콰이강의 다리'로 유명한 깐자나부리의 라이딩 캠프에서 구조되어 ENP로 왔다. 구조될 당시 노이나의 한쪽 눈은 보이지 않았다. 다른 한쪽 눈도 좋지 않았는데, 물체를 희미하게 감지할 정도밖에 되지 않았다. 뼈밖에 남지 않은 몸에 나이도 적지 않아 사람들은 노이나가 ENP에서 그리 긴 시간을 보낼 수는 없을 거라고 예상했다. 하지만 ENP에서의 노이나는 삶에 대한 의지가 충만했고, 마치 평생 누리지 못했던 자유를 만끽하듯 어린 코끼리처럼 놀았다.

자신의 마지막 날, 노이나는 여느 때와 다름없는 아침을 맞이했고 다른 코끼리들과 시간을 보냈다고 한다. 그리고 늦은 오전, 뜨거운 한낮이면 습관처럼 늘 머무르던 진흙 웅덩이로 가서 서성였단다. 천천히 귀를 펄럭였고 다리를 움직이며 진흙을 매만졌다. 그리고 그곳에 천천히 누웠고, 다시는 일어나지 않았다. 누구도 예상하지 못했던 순간에 노이나 할머니는 항상 자기 곁을 지켜준 마훗, 그리고 그 순간 주변에 있던 이들의 따뜻한 시선 속에서 떠나기로 한 것이다. 따뜻한 햇살 아래 고요히 누운 노이나의 마지막 모습이 그를 기억하는 이들에게 전해졌다.

노이나는 라이딩 캠프에서 구조된 코끼리가 ENP에 오는 여정을 담은 다큐멘터리 「러브 앤 바나나」^{Love and Bananas}의 바로 그 코끼리다. ENP를 대표하는 코끼리라고 할 만큼 그

다큐멘터리를 보고 ENP를 방문한 이들은 어김없이 노이나를 만나고 싶어 한다. 두 번째로 ENP에 방문했던 2023년의 1월, 노이나를 한참 동안 바라볼 기회가 있었다. 이루 말할 수 없는 고통으로 점철된 수많은 시간이 기억과 마음에 여전히 남았을 테지만, 노이나 할머니의 표정은 평온했고 움직임은 고요했다.

ENP에서 코끼리들을 가까이에서 만나고, 일부나마 그들이 보낸 지난 삶의 이야기를 공유하는 순간 그들의 존재 가치는 단순히 '소중한 생명'의 그것을 넘어 존엄함으로 이어진다. 종에 관계없이, 크기에 상관없이, 어떤 생명의 삶을 알게 되는 순간 그 생명은 나에게 대체 불가한 존재가 되어버린다. 노이나의 모습에서 한 존재가 짊어진 삶의 무게와, 그것을 담은 채 조금은 위태로이 서 있는 그림자를 느낀다. 인간 동물이든, 비인간 동물이든 각자에게 주어진 삶의 무게를 지탱하며 살아온 시간에 존경을 표하지 않을 수 없다.

높은 지능과 자의식을 가진 코끼리는 '죽음'에 대해 인지하는 것으로 알려져 있고, 그것을 증명하는 듯한 코끼리들의 모습은 과학자들에 의해 오래전부터 목격되고 연구되었다.

남아프리카공화국의 야생동물보호구역에서 특별한 관계를 맺은 환경운동가 로렌스 앤서니와 코끼리 나나의 사례는 여전히 신비롭다. 2012년 로렌스가 심장마비로 세상을 떠나자 그날 나나 무리는 12시간을 걸어 로렌스의 집으로 왔고 이틀 동안 주위에 머물며 그를 애도하는 모습을 보였다고 한다.

인류학자 바버라 J. 킹의 『동물은 어떻게 슬퍼하는가』에서는 미국의 코끼리 생추어리에서 동료의 죽음을 애도하는 코끼리들 모습을 설명하는데, 그 이야기의 마지막 문단에서 나는 저항 없이 울음을 터뜨리고 말았다. 동료 코끼리의 죽음 앞에서 며칠을 애도하던 어린 코끼리가 자신이 늘 가지고 다니며 소중히 여겨온 애착 장난감인 타이어를 가져와서 무덤 위에 올려놓았다는 이야기였다.

ENP에서 노이나와 관계를 맺고 유대감을 쌓으며 함께 시간을 보낸 코끼리들에게도 애도의 시간이 필요할 것이다. 누군가의 기억에 남아 추억을 곱씹으며 슬퍼하고, 또 오래 기억하는 이들이 있다는 것을 노이나 할머니가 마음에 품고 떠났으면 좋겠다.

울컥울컥 올라오는 감정을 추스르며, 순간순간 코끝이 찡해오는 눈물을 감추며, 그날 하루 노이나 할머니를 자주 생각했다. 눈을 감으면, 내리쬐던 한낮의 햇살 아래 노이나 할머니가 고요하게 서 있던 그 순간이 생생하게 떠올랐다. 노이나 할머니는 ENP 한편에 묻혔고, 일 년 후 렉은 그 자리에 큰 나무를 심어주었다.

2023년 3월 15일. 흩뿌려진 꽃잎을 가득 덮고 따스한 햇살 아래 깊은 잠에 든 노이나 할머니, 사랑과 평온함이 가득한 곳에서 영원한 안식을 누리길. Rest in Peace, Noi Nah.

노이나 할머니의 마지막 모습

©ENP

꽃 귀걸이를 한 잔펭 할머니
©ENP

우기의 ENP

늘 비가 내리지 않는 계절에 ENP에 머물렀다. 그래서 비가 내리는 ENP가 몹시 궁금했다. 비를 좋아한다는 코끼리들의 표정이 궁금했고, 비를 맞아 더 촉촉해졌을 코끼리 똥을 치우는 작업은 어떨지 궁금했고, 비 내리는 매일을 보내는 개들의 모습이 궁금했고, 흐리고 비 내리는 ENP의 모습을 가만히 바라보는 나는 또 얼마나 좋아할지 궁금했다. 어쩌면 실은, 얼른 이곳으로 돌아가고 싶은 거였는지도 모르겠다. 2024년, 한국의 뜨거운 여름을 떠나 우기의 ENP로 향했다. 그리고 ENP에 머문 일주일 중 3일은 밤낮으로 비가 멈추지 않고 쏟아졌다. 그렇게 비가 내리던 날, 코끼리 똥을 치우며 필드에서 작업을 하고 있는데 어느 한 쉘터에 코끼리가 누워 수액을 맞고 있었다. 그리고 몇몇 사람들이 걱정스러운 듯 주위에 머물고 있었다. 코끼리의 귀에 있는 붉은색 꽃이 눈에 띄었다.

다음 날 오전, 할머니 코끼리 잔펭Jan Peng이 숨을 거두었고, 잔펭에게 마지막 인사를 하는 자리에 함께하고 싶으면 와도 좋다고 봉사자 채팅방을 통해 소식이 전해졌다. 어제의 그 코끼리였다. 깊이 판 구덩이에 잔펭 할머니가 누워 있었다. 어제와 마찬가지로 귀에는 한 송이의 꽃이 꽂혀 있었다. 대릭은 잔펭이 평소 좋아하던 간식을 그의 입 주변에 놓아주었다. 그 자리에 모인 이들이 조용히 잔펭 곁으로 내려가 그의 몸 곳곳에 꽃잎을 뿌리며 각자의 인사를 전했다. 곧이어 스님이 오셨고, 하얀 명주실을 잔펭의 몸과 스님의 손에 연결한 후 기도를 하셨다. 나는 잠시 눈을 감았다가 다시 눈을 떴다. 누워 있는 잔펭 할머니를 가만히 바라보았다. 차오르는 눈물이 부슬부슬 내리는 빗물과 함께 얼굴을 타고 흘러내렸다.

잔펭은 벌목장과 라이딩 캠프에서 70세가 가깝도록 일하다가 ENP로 왔다. 그게 2010년이었다. 긴 세월 인간에게 이용당하는 동안 고통스럽게 몸 곳곳을 찔러 댔을 혹의 흔적이 잔펭의 오른쪽 귀 끝자락에 큰 구멍으로 남아 있었다. 잔펭의 마훗은 매일, 그 구멍에 꽃을 꽂아주었다. 어제 축 처진

몸으로 수액을 맞을 때에도 그의 귀에는 붉고 예쁜 꽃이 꽂혀 있었고, 오늘 깊은 땅속에서 마지막으로 하늘을 바라보고 있을 때에도 잔펭의 귀에는 아름다운 꽃이 마치 그의 몸 일부인 듯 피어 있었다.

ENP 필드 곳곳에는 큰 나무들이 있다. 그 아래에는 이곳에서 생의 끝을 맞이한 코끼리들이 잠들어 있다. 잔펭이 잠든 곳에 머지않아 푸르른 나무가 자리를 잡으면, 잔펭이 이곳에서 매일 그의 귀에 피웠던 꽃들이 그 나무에서 피어날지도 모르겠다고 생각했다.

우기의 ENP는 내가 늘 가던 건기 때와 많이 달랐다. 날씨도, 색감도, 냄새도, 풍경도, 코끼리들의 모습도, 개들의 모습도. 비를 사랑하는 나로서는 이런저런 것 신경 쓰지 않고 내리는 비를 마음껏 맞는 것도 좋았고, 우중 작업도 즐거웠다. 건기의 밤에는 별을 보는 기쁨이 있었다면, 우기에는 밤에 내리는 빗소리를 들으며 잠드는 기쁨이 있었다. 잊을 만하면 자꾸 다시 나타나는 나를 기억하는 듯한 개들과 더 깊은 눈빛을 교환하는 순간들이 좋았다. 케이크를 만들어 내가 처음으로 이름을 기억한 메도에게 선물한 것도, 쏟아지는 빗속에서 케이크를 맛있게 먹는 메도와 그의 친구 젬사이를 보는 것도 행복했다. 수위가 높아진 강에 들어가 신나게 물놀이하는 코끼리들은 바라보고만 있어도 기분이 좋았다. 필드를 돌며 청소를 하다가, 잠시 내려놓은 쓰레기 포대를 코끼리가 다 뒤집어버려 한바탕 난리가 났던 순간마저도 너무나 신났다. 그리고 잔펭 할머니에게 마지막 인사를 하고 곁에서 기도할 수 있어 더없이 감사했다.

같은 곳에 오지만 매번 온전히 다른 순간들로 꽉 채워진다. 올수록 더욱 그렇다. 무엇보다 이곳에서의 내가 나는 참 좋다. 그러니 내가 이곳에 계속 오는 이유는 다른 무엇도 아닌, 나를 위해서였다. 까맣게 탄 팔에 남은 하얀 시계 자국, 발등에 새겨진 샌들 끈의 모양, 코끼리 물그릇을 청소하다 넘어져 깨진 무릎의 상처, 모기에 물려 긁어 댄 다리의 흉터, 강아지 멈맴의 격한 인사로 내 왼팔에 남은 손톱자국이 아직 선명하다. 이곳에서 보낸 여름의 기억이 이 모든 흔적으로 남아 있다. 간직할 수만 있다면, 내 몸에서도 마음에서도 옅어지지 않으면, 사라지지 않으면 좋겠다.

©ENP

우기의 ENP 풍경

마웃도 코끼리도 쉬어가는 시간

0.7배속으로
흐르는 시간

ENP에서 하루 이틀 지내다 보면 각자 나름의 하루 루틴이 생긴다. 나는 세 시쯤 오후 일이 끝나면 커피를 사 들고 강가 방갈로에 가서 의자에 앉아 책을 읽다가, 멍을 때리다가, 하염없이 풍경을 바라보다가, 눈을 감고 바람의 느낌과 들려오는 새소리에 집중하다가, 그러다가 졸기도 하다가, 뭐 이런 여유의 증거들을 누리면서 나른함의 시간을 만끽했다. 때로는 나만큼이나 나른해진 개가 슬그머니 다가와 내 곁에 드러누웠다. 그렇게 우리는 몽글몽글한 그 공간의 오후를 공유했다. 아무것도 하지 않는 것 같은 시간인데, 이유 모를 충만함이 은은하게 나를 채워갔다.

그 시간이면 항상 맞은편 강둑에는 코끼리 한 마리가 늦은 점심밥인지 간식인지를 즐기고, 그의 마훗은 해먹에 쏙 들어가 휴식 시간을 누렸다. 누구에게든 적당한 게으름과 늘어짐이 허락되는 시간이었다.

사실 코끼리는 거의 하루 종일 먹는다고 할 수 있다. 거대한 몸을 식물성으로만 채우려니 많이 먹어야겠지, 싶기도 하지만 실은 코끼리의 소화 효율이 놀랍도록 낮기 때문이라고 한다. 먹는 음식의 약 40퍼센트만 흡수하고 나머지는 모두 배출된다고 하니, 쉽게 말하면 코끼리는 가성비가 몹시 떨어지는 신체를 가졌다고 할 수 있다. 간혹 코끼리 똥에 과일이나 채소 덩어리가 그대로 박혀 나오거나 식물의 줄기가 신선한 상태로 배출되는 것을 보면 이런 소화 과정에 고개를 끄덕이게 된다.

만약 코끼리가 음식을 거부한다면 그건 정말로 심각한 상황이다. 몸이 아프거나 정신적으로 힘든 상황임을 반증하기 때문이다. 혹은 주변 상황이 안전하다고 느끼지 않거나. 그런데 이곳에서는 야생에서와 달리 한 가지 이유가 더 있단다. 그건 바로 '질려서'. "나는 지금 오이 말고 수박이 먹고 싶네만." 대략 이런 느낌이랄까. 이 이야기를 듣는 순간엔 우리 집 Y를 떠올렸다. 고구마를 줄 때까지 사료에 입도 대지 않는. 'Y랑 코끼리랑 똑같네!?'

이곳에서의 시간은 세상과 다른 방식으로 흐르는 것 같

다. 처음 코끼리가 걸어가는 모습을 보았을 때는 마치 슬로 모션을 보는 것 같은 느낌이었는데, 한마디로 너무 느렸다. 그래서 코끼리들이 움직이는 모습을 바라보면 나의 시간 또한 0.7배속 정도로 흘러가는 듯했다. 그런 시간 속에서 지내다 보니 나는 꼭 해야 하는 것과 꼭 하고 싶은 것 말고는 하지 않게 되었다. 코끼리도 나도, 어느 정도의 정해진 루틴으로 일상을 보내며 그 속에서 자유를 누리고 예측할 수 없는 소소한 순간들로 각자의 하루를 괜찮게 채워가는 곳. 꼭 해야 하는 것 말고는 하지 않게 되어서 내게 더 의미 있고 행복한 것들로 시간을 채워갈 수 있는 곳. 그런 곳이었다.

어제도 오늘도 내일도, 오후 세 시쯤 나는 커피를 사 들고 강가 방갈로에 가서, 저 코끼리 오늘 또 왔네, 하며 슬그머니 미소를 짓는다. 그런데 기억력 좋은 건너편 코끼리도 그랬겠지. 맞은편에 나타난 날 보고, '저 사람 또 왔군!'이라고 생각하지 않았을까. 그런데 코끼리도 빠를 때는 엄청 빠르다. 언제 빠를까? 직접 와서 확인하시라!

하루 종일 먹는 코끼리들

코끼리는 포유류 중 가장 적게 자는 동물

서서 자는 코끼리

햇살이 뜨거운 오후가 되면 코끼리들도 나른해진다. 그러면 코끼리들은 눈을 천천히 끔뻑거리다가 나무나 기둥 구조물에 이마를 대고 서서 낮잠을 자기도 하고, 시원한 그늘에서 간식을 즐기기도 한다.

코끼리의 잠에 대해서는 여전히 알려진 바가 많지 않고 과학자들의 호기심을 자극하는 영역이다. 야생 코끼리는 기껏해야 하루에 한두 시간을 자는데 그나마도 눕지 않고 서서 자는 경우가 대부분이라고 한다. 코끼리는 포유류 중에서는 가장 적게 자는 동물이다. 이는 역설적으로 코끼리가 육지에서 가장 큰 포유류이기 때문이라는 것이 정설이다. 큰 덩치의 몸을 유지하려면 계속 무언가를 먹어야 한다. 그런데 야생 코끼리는 음식을 직접 찾아다닐 시간도 필요하고, 그나마도 양질의 먹이를 구하기가 쉽지 않기 때문에 결국 종일 먹어야 한다는 것이다. 먹어야 해서 잠을 잘 수 없다니! 코끼리들의 생태 특성이고 살아가는 방식이긴 하지만, 배고픔보다는 '잠고픔'을 더 참을 수 없는 나로서는 그들의 처지가 마냥 고단하게만 느껴진다.

게다가 코끼리들은 커다란 몸을 일으킬 때 소모되는 에너지를 아끼고, 다른 동물의 공격이 있으면 빠르게 반응할 수 있어야 하는 까닭에 서서 자는 모습이 더 일반적이란다. 안전하다고 생각되지 않거나 먹을 것을 찾아 먼 거리를 이동해야 할 때는 며칠이고 전혀 잠을 자지 않는 경우도 있다. 연구에 따르면 코끼리들은 삼사일에 한 번 정도 누워 자는 모습이 관찰되었고, 이때에만 렘수면 상태가 나타난다는 것이다. 흥미로운 점은, 렘수면이 인간을 포함한 포유류의 장기 기억 저장과 관련이 있다고 알려져 있는데, 뛰어난 기억력을 가진 코끼리의 경우 렘수면을 이렇듯 간헐적으로 한다는 점이 기존에 알려진 과학적 사실에 물음표를 던지고 있다.

이렇든 저렇든 그건 우리 인간의 궁금증일 뿐, 코끼리는 오늘도 생존을 위해 두 시간의 잠만으로 하루를 버틴다. 야생에 내던져진 삶은 역시 만만치가 않다. 반면 동물원 등 제한된 장소에 갇혀 양질의 음식을 공급받고 천적의 위협이 없는 곳에서 살아가는 코끼리들은 야생에서와는 다른 수면 패턴을 보인다. 이들은 보통 하루 여섯 시간 정도를 누워서 잔다. 이쯤 되면 누가 더 행복한 코끼리인가, 라고 질문하고 싶어질지도 모르겠다. 그에 대한 답은 우리 인간이 할 수 있는 건 아닐 것이다.

ENP 코끼리들은 밤 시간을 자신만의 공간에서 보낸다. 밤사이 깊은 잠을 자는 코끼리도 있을 테고 뜬눈으로 밤을 지새우는 코끼리도 있겠지만 영양 가득한 음식과 안전이 보장된 곳에서 지내고 있는 것만은 분명하다.

누워 자고 싶은 코끼리를 위해 봉사자들은 모래 침대를 만들어준다. 펄펄 날리는 모래 먼지 속에서 쉬지 않고 삽질했던 그날 밤, 목이 돌아가지 않고 온몸이 아팠던 나는 밤새 끙끙거렸다. 그래도 코끼리가 편하게 잘 수 있다면야! 인간 동물의 착취와 학대로 무너진 코끼리가 몸을 누일 정도로 마음 편안한 상태가 될 수 있다면 모래 침대야 또 만들고 또 만들어줄 수 있지, 라고 생각하며 고통 속 환희의 밤을 보냈다.

코끼리들이 뜨거운 오후 시간을 보내는 또 다른 방법은 진흙 목욕이다. 코끼리가 몸에 흙이나 진흙을 묻히는 행동은 뜨거운 햇살을 방어하기 위해 선크림을 바르는 것이기도 하고, 체온을 낮추고 몸에 붙은 진드기와 같은 해충들을 떼어내는 역할도 한다. 코로 흙을 날려 몸에 뿌리거나 아예 드러누워 몸을 뒹굴며 진흙 목욕을 할 때 코끼리들이 얼마나 즐거워하는지는 표정에 고스란히 드러난다. 보고 있는 내가 더 행복해질 정도로. 쇠사슬에 묶인 채 노동과 감금의 삶을 살아가는 코끼리들은 이 본능적이고도 생존에 필요한 진흙 목욕을 할 수 없으리라는 것을 쉽게 짐작할 수 있다.

ENP 코끼리들이 서로 다양한 소리로 수다를 떨고 코를 한껏 들어 올리며 활짝 웃는 모습을 볼 때면, 지금 이 순간에도 무거운 나무를 끌거나 사람들을 등에 태우거나 서커스 공연을 하고 있을 코끼리들이 떠오를 수밖에 없었다. 생명을 가진 존재의 기분과 에너지는 어김없이 주위에 전해진다. 이 지구에 함께 살아가는 다른 생명의 고통을 담보로 하는 나의 즐거움은 결코 행복일 수 없다는 것. ENP에서는 내내 그 생각을 하게 된다. 그 생명은 인간 동물일 수도, 비인간 동물일 수도, 숲과 나무일 수도, 풀과 들꽃일 수도, 생명이 있는 작고 작은 어떤 것일 수도. 행복해하는 코끼리들을 보면서 생각한다. 복잡하기 그지없는 우리와 달리, 저들에게 행복의 조건은 정말 단순하고 명확하다는 것을. 그런데 그 어렵지 않은 조건이 코끼리들에게 결코 쉽게 주어지지 않는 것 같다.

진흙 목욕 중인 코끼리들

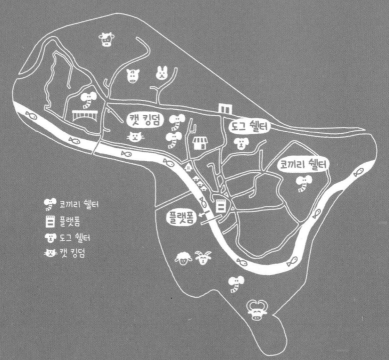

조커와 함께 코끼리 식사 준비!

바나나잎 쌈밥 만들기

셋째 날 오전, 코디네이터 조커와 함께 우리팀은 코끼리 주방으로 출근했다. 소화에 어려움이 있거나 이가 온전치 않은 코끼리들을 위해 부드러운 식사를 준비했다.

낡은 목욕탕 의자에 엉덩이를 걸치고 앉아 잘 익은 바나나 껍질을 벗기면서 밑 작업을 시작했다. 여러 나라에서 온 사람들이 모인 만큼 바나나 하나도 대화 주제가 되었다. 우리 일행 외에 유일한 아시아 사람인 싱훼이는 싱가포르에서 왔는데, 바나나를 까다가 내게 질문을 던졌다.

"한국에서는 바나나가 나?"

"아니. 한국은 추워서 바나나가 안 자라. 전부 다 수입산이야. 싱가포르는 어때?"

"음, 우리도 바나나는 모두 수입인 것 같아."

그런데 가만 생각해보니 최근 몇 년 사이 제주나 남부 지방에서 생산되는 국내산 바나나가 꽤 있지 싶어 나는 한마디 덧붙였다.

"그런데 요즘엔 한국도 남쪽 지방에서는 바나나가 나긴 해. 하우스 생산이긴 하지만. 심지어 제주에서는 망고도 나더라. 제일 남쪽에 있는 섬이거든. 기후 변화 영향이겠지."

이렇게 두런두런 이야기하며 작업을 하다 보니 어느새 바나나가 산처럼 쌓였다. 한쪽에서는 장작이 활활 타는 아궁이에 가마솥 같은 냄비로 밥을 하고 있다. 밥이 다 되면 다음 작업이 시작된다.

김이 모락모락 나는 살짝 설익은 밥을 커다란 플라스틱 통에 붓고 하얀 바나나 알갱이와 함께 섞으며 으깨기 시작한다. 배를 젓는 짧은 노처럼 생긴 도구로 밥과 바나나를 고르게 섞어주어야 하는데 무게가 상당해서 보기보다 쉽지 않다. 조커가 시범을 보인 후 우리는 도구를 넘겨받았다. 잘해보겠다는 의지는 가득했으나 역시 경험은 무시할 수 없는 법, 기술도 요령도 없이 힘으로만 하려다 보니 통 밖으로 밥풀이 우두두두 떨어졌다. 그 모습을 목격한 조커가 "에헤이." 하며 잔소리 의성어를 날리는 동시에, 통 밖으로 튀어 나간 달콤한 바나나 밥은 옆에서 어슬렁거리던 개 위즈가 쪼르르 달려와 맛있게 쩝쩝 먹어 치운다. 그걸 본 나는 슬그머니 웃으며 "위즈 먹으라고 일부러 흘린 거야."라고 혼자 중얼거리며 소심한 대항을 해보았다.

이제 남은 건 마지막 작업이다. 서너 장을 겹친 바나나잎으로 이 달콤한 밥을 잘 포장하는 일이다. 대나무잎 쌈밥을 상상하면 비슷할 텐데, 신선한 바나나잎이 두껍고 뻣뻣하다 보니 꽤 기술이 필요하다. 조커가 자리를 잡고 앉아 예의 그 까랑까랑한 목소리로 방법을 일러준다.

먼저 바나나잎 서너 장을 어슷하게 배치해 크게 잎을 깔아야 한다. 그다음, 긴 손잡이가 달린 작은 플라스틱 통으로 밥을 퍼서 바나나잎 위에 올린다. 그리고 밥 모양을 둥그렇고 예쁘게 다듬어 자리를 잡는다. 그런 후에 왼쪽 잎사귀 접고, 오른쪽 잎사귀 접고, 아래쪽 잎사귀까지 접어서 조심스럽게 세워 바닥에 탁탁 쳐서 한 번 더 잎 속의 밥 자리를 정리해준다. 마지막으로 위쪽 잎사귀를 고이 접어 나무줄기로 묶어서 잎사귀를 고정한다. 이 과정에서 가장 중요한 점은 밥이 눌리지 않도록 하는 것. 밥이 뭉치거나 눌리면 이가 없거나 소화능력이 약한 코끼리들에게 부담이 될 수도 있기 때문이다.

얼핏 보면 누구든 쉽게 할 수 있을 것 같지만, 막상 해보니 생각처럼 쉽지가 않았다.

"아니, 아니야. 그렇게 하면 안 돼."

내가 만든 작품을 보며 조커가 타박했다.

"잘 봐. 이렇게 해야 해."

예쁘게 만들고 싶었지만 마음처럼 되지 않아 쩔쩔매는 나에게 조커는 계속 잔소리를 했다. 살짝 기가 죽은 나는 작은 소리로 말했다.

"화내지 마. 무서워."

그러자 조커가 짐짓 놀라워하며 손사래를 쳤다.

"무섭다고? 아, 진짜 미안해. 그런 뜻은 아니었어."

너무 미안해하는 조커에게 나는 미소로 안심시켰다.

"아냐, 아냐. 농담이었어."

혹시 ENP에서 조커를 코디네이터로 만난다면, 처음엔 그의 시크한 말투와 표정부터 눈에 들어올 것이다. 하지만 열정과 진심이 가득한 청년이니 먼저 반갑게 다가가보길.

어쨌거나 그의 가르침과 격려와 잔소리와 칭찬 덕분에 작업이 손에 점점 익어가고 속도가 빨라졌다. 옆에 가져다 놓은 바나나잎이 다 떨어진 김에 몸을 일으켰다. "아이고야!"

같은 자세로 계속 앉아 있었더니 곡소리가 절로 나온다. 주방 한편에 쌓여 있는 바나나잎을 한 무더기 챙겨 들어 올렸는데 순간 외마디 비명이 나도 모르게 새어 나왔다. "으……으악!" 겹친 바나나잎 사이에 있던, 셀 수도 없이 많은 개미 떼가 갑자기 밝아진 세상에 놀라 정신없이 움직이고 있었다. 그리고 개미만큼이나 나도 깜짝 놀랐다. 그런 나를 발견한 주방 스태프 아주머니가 다가와서 무슨 일인가 보시더니 '에이, 이런 걸 가지고……'라는 표정으로 쓱 웃으셨다. 그리고 시크하게 몇 장의 바나나잎을 덜어내어 가져가셨다. 개미를 태운 채로.

그렇게 완성된 바나나잎 쌈밥은 마지막으로 찜기에 올라가 부드럽고 달콤한 음식으로 탄생한다.

바나나잎 쌈밥

예상하겠지만, ENP에는 이런 음식이 필요한 코끼리들이 꽤 많다. 그리고 코끼리들에게서 잘 소화된 쌈밥이 똥으로 나오면 우리는 또다시 그 똥을 수거해 똥밭으로 모으고, 코끼리 똥은 물소의 간식이 되거나 퇴비가 되어 밭으로 돌아간다. 그렇게 이곳의 모든 것은 돌고 돌아 서로 이어진다.

모래 삽질의 위력, 힘들지만 뿌듯한
코끼리 침대 만들기 작업

ENP에서
가장 힘든 작업

나는 필드에서 하는 일이 좋았다. 코끼리 똥 치우기, 코끼리 물그릇 청소하기, 땔감 모으기, 코끼리 침대 만들기 같은 것이다. 일하느라 왔다 갔다 하면서 코끼리들도 보고 물소들도 만나고 개들은 천방지축으로 졸졸 따라오고 내리쬐는 햇살도 받고 큰 나무에 숨어 지저귀는 새들의 소리도 더 가까이에서 듣고 ENP 곳곳의 풍경도 보고 정취도 느낄 수 있어서다. 그러나 좋은 건 좋은 거고, 일이 힘든 건 별개의 문제다.

세 차례 방문한 ENP에서 정말 힘들었던 일은 코끼리 침대 만들기였다. 글자 그대로 밤사이 코끼리가 기대듯 누워 잘 수 있도록 모래를 쌓아 비스듬한 모양으로 침대를 만드는 일이다. 준비물은 삽과 마스크가 전부. 코디네이터가 마스크를 나누어주는데 한국어가 떡하니 적힌 KF80 마스크가 아닌가.

"엇, 이 마스크 한국 거네? 어디서 난 거야?"

내가 물었다.

"치앙마이에서 샀어."

실제로 나중에 치앙마이에 갔을 때 살펴보니 편의점에서 한국산 마스크를 쉽게 발견할 수 있었다. 팬데믹 기간에도 물론 마스크를 사용했겠지만, 무엇보다 치앙마이는 4월을 전후해 미세먼지 농도가 치솟는다. 곳곳에서 화전을 일구기 위해 임야를 태우는 작업이 이루어지기 때문이다. 이 기간에 치앙마이는 세계 최고의 미세먼지 수치를 기록할 정도라 하늘이 온통 회색빛으로 뿌예진다.

어쨌든 반가운 한국산 마스크를 쓰고 모래 삽질을 시작했다. 전날 만든 모래 침대는 하룻밤 사이 와르르 무너졌다. 코끼리가 기대어 쉬거나 잠을 청했다는 반증이다. 봉사자들이 적당한 간격으로 둥그렇게 서서 삽질을 시작하자 삽시간에 모래 먼지가 공기 중을 꽉 채웠다. 모래 무게는 생각보다 훨씬 더 무거웠고, 반복되는 삽질에 평소 사용하지 않던 근육이 고통스럽게 반응하기 시작했다. 호흡도 거칠어졌다. 한참 작업을 하다가 넋을 놓고 섰다가 물 한 모금 마시고, 또 작업을 이어갔다. 온몸이 모래 먼지와 땀으로 뒤범벅이 되었다. 워낙 힘든 작업이라 두 팀이 함께 했고, 두 코디네이터 조와 왓에게도 쉽지 않은 일이었는지 힘겨워 보였다. 웬만한 작업은 일하는 동안 말소리와 웃음소리가 끊이지 않는데, 이 일만큼은 침묵 속에서 이어졌다. 모래 속으로 삽이 들어가는 마찰음만 들렸다. 너무 힘들지만 해야만 하는 일이라면 그저 아무 생각 않는 것이 최선인 때가 있는데, 이 일이 딱 그랬다. 얼마나 시간이 흘렀을까.

"이제 다했어!"

조는 작업 완료를 선언하며 우리가 만든 모래 침대 위에 대자로 드러누워버렸다. 봉사자들도 긴 호흡을 내쉬며 여유를 찾기 시작했다.

"와! 이거 진짜 힘들다."

다들 반쯤 풀린 눈으로 서로 수고했다고 인사하다가 마스크를 벗은 내 모습을 보고 모두들 큰 웃음이 터지고 말았다. 마스크 와이어가 있던 콧등 부분에서 막혀버린 모래 먼지가 땀과 잘 어우러져 마치 갈색 섀도로 분장한 것처럼 얼룩덜룩 묻어 있었다. 얼굴에 모래가 묻었다기에 나는 "그래?" 하며 대수롭지 않게 반응하며 쓱쓱 닦았는데 나중에 다른 봉사자가 찍어서 채팅방에 올린 사진을 보니 웃길 만했다 싶다. 아무렴 어때, 웃음을 주었으면 됐지! 작업 후 벗은 마스크의 필터 부분은 완전 누렇게 변색이 되어 있었다. 한국에서 미세먼지가 심한 날에 써도 눈으로 그 효과를 확인할 수는 없었는데, 이 작업 덕에 한국산 마스크의 성능만큼은 확실히 확인했다.

이번에 ENP를 방문했을 때 조를 다시 만났는데, 나란히 앉아 바나나를 자르다가 조가 그때 이야기를 꺼냈다.

"지원, 작년에 코끼리 침대 만들었던 거 기억해?"

"기억나지, 그럼! 그거 정말 힘들었어."

"맞아. 그 일 진짜 너무 힘들었어. 이제 그 일 없어졌어. 봉사자들이 안 해."

"그래? 그럼 침대는 어떻게 만들어?"

"굴삭기 같은 걸로. 진짜 그 일은 너무 힘들어."

일 년이 지난 지금 다시 이 이야기를 꺼내는 걸 보니 조가 정말 그 일이 힘들었나 보다 싶어 코디네이터들의 고충을 조금은 알 것 같았다.

위클리 봉사자들에게 코디네이터는 일을 지시하거나 시

키는 사람이 아니라 안내하고 함께하는 사람이기 때문에 봉사자들의 컨디션이나 안전을 늘 신경 써야 하고, 매주 반복되는 작업을 해야 한다. 게다가 매주 새롭게 많은 사람들을 만나야 하는 일이 분명 쉽지는 않을 것이다. 주방에서든 필드에서든 작업을 하는 동안 이들은 쿵작쿵작 신나는 노동요를 틀어준다. 사실 노동요가 진짜 필요한 건 우리가 아니라 그들이지 않았을까. 어쩌면 아주 당연한 사실을 생각하지 못했는데, 나에게 이곳은 복잡한 현실에서 벗어난 여행지이자 아름다운 공존의 공간이지만 그들에게는 일상이고 현실 직장인 것이다. 코끼리와 이곳에 대한 진심과 열정이 있다고 해도, 직장은 직장인 법. ENP의 퇴근 시간인 오후 5시가 되면 칼퇴를 위해 사람들은 출퇴근용 카드 리더기 앞에 길게 줄을 늘어선다. 그들을 보면서 '나는 ENP에서의 매시간이 아쉽고 떠나기 싫지만, 이들에게는 직장이니까. 직장인에게는 역시 퇴근이 최고지'라는 생각을 하곤 했다.

그러고 보니 일주일 동안 퇴근이랄 것도 없이 봉사자들과 시간을 보내는 코디네이터들이 참 고맙다는 생각이 새삼 들었다. 다들 잘 지내고 있는지 궁금하다. 그들에게는 내가 그저 많은 봉사자들 중 하나일지라도, 나에게 그들은 ENP에서 만난 특별한 인연이고 추억이니까. 언젠가 또다시 만날 수 있을지, 지난 만남이 마지막일지는 알 수 없지만, 코끼리와 함께 지내기를 선택한 그들에게 코끼리만큼 아름답고 관대한 삶이 펼쳐지길 온 마음으로 응원한다.

모래 삽질엔 마스크가 필수!

사진을 찍으며 마냥 신난 봉사자들의 유쾌한 뒷모습

세상에서 제일 멋진
할머니들

ENP에 위클리 봉사자로 오는 이들의 면면은 다양하다. 그중에서도 가장 인상적이었던 건 다름 아닌 '나이'였다. 세 차례에 걸쳐 만났던 봉사자들 중에는 연세 지긋한 분들이 늘 계셨다. 은퇴 후 노부부가 함께 참여하시기도 했고, 혼자 오신 할머니들도 많이 보았다. 칠팔십 대 어르신들이 이곳에 와서 몸으로 하는 일들을 거리낌 없이, 그리고 거뜬히 하시는 모습을 보면 참으로 존경스러웠다. 비슷한 연배의 한국 어르신들을 떠올려보면 적잖이 놀랍고 신기한 일이 아닐 수 없다. 대학 시절 이곳저곳 해외여행을 하면서 만났던 할머니, 할아버지 배낭여행자는 문화충격에 가까울 정도로 보고 또 봐도 놀라웠다. 지금도 그 모습은 내게 여전히 생경하다. 그리고 부럽다. 그들의 그런 모습과 그런 문화가.

두 번째로 ENP를 방문했던 2023년, 내가 속한 작업팀에는 미국에서 온 할머니 세 분이 계셨다.

세 분은 함께 수영장을 다닌 오랜 동네 친구라고 했는데, 그야말로 일주일 내내 시종일관 엔도르핀을 뿜어내시면서 유쾌함을 전파하셨다. 「미세스 다웃파이어」를 닮은 한 분, 체육 교사로 일하고 은퇴하셨다는 가장 나이가 많으셨던 또 다른 분, 그리고 큰 키에 영화배우 같은 분위기를 풍기는 마지막 한 분과 매일을 함께하면서 그분들의 넘치는 매력에 반한 순간이 한두 번이 아니었다. 코끼리 똥을 손에 들고 까르르거리며 서로서로 사진을 찍어주던 소녀 같은 모습, 강아지 산책 봉사를 하면서 가면 안 되는 곳으로 가려는 개와 씨름하시던 모습. 그러다 내가 카메라를 들이대면 언제 어디서든 최고의 포즈를 취해주시던 익살스러움. 필드에서 일하다가 코끼리를 만나면 세 분이 나란히 코끼리를 보고 서서 좋아하시며 그 자리를 떠날 줄 모르던 그 뒷모습, 식사시간에 마주치면 먼저 반갑게 인사 건네주시던 따뜻함. 그런 순간의 기억들이 여전히 생생하다.

처음 이분들을 뵈었을 때는, 내가 하기에도 힘이 꽤 드는 몸 쓰는 일을 하실 수 있을까 염려가 되기도 했다. 하지만 이 모든 것은 기우였다. 할머니들은 정말 몸 사리지 않고 우리가

하는 일을 모두 함께 하셨고, 여느 젊은이 못지않은 힘으로
척척 해내셨다(코끼리 침대 만들기 작업만은 예외였다). 발목에
보호대를 차고도 아랑곳하지 않으셨고, 키 작은 내가 코끼리
물그릇 청소할 때 손이 닿지 않아 끙끙대고 있으면 쏜살같이
달려와서 당신의 긴 다리와 팔을 이용해 해결해주시기도 했
다. 세 분 중 가장 나이 많은 분이 당시 여든네 살, 다른 두 분
도 여든 살 언저리였다. 여든 살, 한국에서라면 상상하기 어
려운 여행이다. 우리 엄마가 여기에 와서 저분들처럼 일하며
이곳을 즐길 수 있을까? 엄마보다도 훨씬 나이 많은 할머니
들과 함께 일하고 함께 시간을 보내다 보니 문득 궁금해졌다.

　이번에 ENP에 갔을 때도 어김없이 우리 팀에는 할머니
가 계셨다. 정확한 나이는 모르겠지만 일흔 살은 훌쩍 넘으
신 듯했다. 중국계 미국인인 그의 이름은 '줄리아'였는데, 어
느 오후 플랫폼에 앉아 책을 읽는 내게 다가오셨다. 그리고
이런저런 이야기를 나누다가 2020년부터 세 번째로 ENP에
왔다는 내 이야기를 들으시더니 당신 이야기를 꺼내놓으셨
다. 그는 몇 년 전에 투어로 ENP를 방문했단다. 자신과 비슷
한 나이로 보이는 외국인이 주방에서 일하는 것을 발견하고

는 그에게 물어 위클리 봉사활동에 대해 알게 되었고, 이후로 해마다 방문하신다고 했다. 그리고 이렇게 말씀하셨다.

"나도 몇 년 전부터 해마다 1월이면 이곳에 오고 있어요. 아마 내가 당신 엄마보다 나이가 더 많을 거예요. 그래서 여기 오려고 정말 하루도 빼놓지 않고 헬스를 하러 가요. 앞으로도 계속 오고 싶어서요."

2023년에 세 분의 할머니를 만나고 집에 왔을 때 엄마에게 이야기를 들려주었다. 그때만 해도 그분들이 아주 특별한 경우라고 생각했던 것 같다. 매년 겨울을 기다리며 ENP 이야기를 하는 나에게 엄마는, 일하는 게 많이 힘드냐고, 네가 그렇게 좋아하는 곳인데 당신도 가보고 싶다고 늘 말씀하셨다. 하지만 정작 나는 엄마의 그 바람을 진지하게 생각해본 적이 없었다. 당연히 나이 든 엄마가 그렇게 일할 수 없을 거라고 짐작했기 때문이다.

이번에 줄리아 할머니와 이야기를 나누면서는 엄마 생각이 정말 많이 났다. 치앙마이도 ENP도 엄마가 너무 좋아할 만한 곳이라는 걸 알면서도, 어쩌면 내가 먼저 그런 가능성을 차단해버리지 않았던가, 하는 생각에 몹시 미안했다. 줄리아 할머니의 이야기를 엄마에게 해드렸다. 몸이 힘들면 잠시 쉴 수도 있고, 아프면 하루쯤 일을 빠져도 아무도 뭐라고 하지 않으니, 부담 갖지 말고 엄마도 함께 가도 좋을 것 같다고. 팔십이 넘은 그분들에 비하면 엄마는 아직 청춘이니, 꾸준히 운동하고 건강을 챙기자고, 그렇게.

그리고 내게는 또 다른 꿈이 생겼다.

내가 좋아하고 나를 행복하게 해주는 것을 찾아갈 수 있는 건강한 몸과 마음을 가진 할머니로 나이 들어가는 것. 그게 무엇이든 간에 말이다. 할머니가 된 나의 미래를 그려보고 꿈꾸는 것. 꽤 신나는 일이다.

강아지 산책은
내가 책임질게요!

명랑 할머니 삼총사

코끼리 물그릇 청소하기

맨발의 대릭

이날 오후에는 대릭과의 대화^{Darrick's talk}에 모든 봉사자들이 함께했다. 대릭은 캐나다인이고, 렉의 남편이다. 이곳에서 모든 코끼리에게 스스럼없이 다가가고 스킨십할 수 있는, 그러니까 코끼리들이 가족으로 인정한 사람이다.

대릭과의 대화는 첫날 코디네이터와 함께한 코끼리와의 산책^{Elephant walk} 프로그램과 비슷하지만 태국 코끼리들의 현황과 문제점, 이곳 코끼리들 이야기를 훨씬 더 깊이 있게 들을 수 있다. 무엇보다 대릭을 발견하고는 반가워하며 가까이 다가와서 인사를 나누는 코끼리들을 보는 것이 참 좋았다.

이번에 특별히 더 인상적이었던 건, 발정기를 지나는 수컷 코끼리에 관한 이야기였다. 필드 안쪽에는 수컷 코끼리 두 마리가 각자의 거처에서 지내는데, 그중 한 수컷이 발정한 상태였다.

수컷 코끼리가 발정한 상태를 영어로는 머스트^{musth}라고 한다. 그리고 수컷 코끼리의 발정기는 영양 상태와 건강에 따라 주기와 지속 기간이 다르다. 일 년에 몇 번의 발정기가 오기도 하고 몇 년에 한 번의 발정이 올 수도 있다는 뜻이다. 지속 기간 역시 몇 달에서 몇 년으로 코끼리마다 다를 수 있다. 당연히 영양 상태와 지내는 환경이 좋을수록 수컷 코끼리는 더 짧은 발정 주기와 더 긴 지속 기간을 갖는다.

문제는 발정 기간을 지나는 수컷 코끼리는 남성 호르몬 영향으로 공격성이 높아져 상당히 위험하다는 점이다. 그래서 라이딩 캠프와 서커스 등 관광객을 상대로 돈을 벌어다 주는 코끼리에게 발정기가 오는 것은 소유주로서는 탐탁지 않은 일이다. 그 기간에는 코끼리가 제대로 일할 수 없기 때문이다. 그러다 보니 발정 주기를 늦추고, 지속 기간을 줄이려고 일부러 먹을 것을 충분히 주지 않거나 하는 방식으로 코끼리의 컨디션을 저하하는 것이 일반적이라고 한다.

발정기를 지나는 코끼리는 눈과 귀 사이에 있는 관자놀이 쪽에 있는 측두샘에서 분비물을 흘리는 모습으로 확인할 수 있다. 한국에 돌아온 이후 읽은 책에서는 야생 코끼리의 발정기에 대한 흥미로운 이야기가 있었다. 수컷 코끼리는 열다섯 살에서 스무 살 정도가 지나면 발정이 오기 시작하는데, 야생에서는 부근에 자신보다 나이 많은 수컷 코끼리가 많을수록 발정이 오는 시기가 늦어진다고 한다. 신기한 점은 물과 먹을 것이 풍부해서 야생의 코끼리들이 더 넓은 공간에 더 먼 거리를 두고 퍼져 살 수 있는 환경일수록 그렇지 못한 환경에서보다 어린 수컷의 발정 시기가 더 빨라지는 경향이 있다는 것이다. 서로 간의 발정 시기가 겹치지 않게 본능적으로, 또 사회적으로 조절하는 코끼리의 사회 구조는 알수록 신비롭다.

2020년에 ENP에서 대릭을 처음 보았을 때 그는 진흙투성이 옷에 맨발이었다. 물통 하나를 손에 들고 2시간을 넘게 필드를 돌면서 봉사자들에게 코끼리 이야기를 쉴 틈 없이 쏟아냈다. 대릭을 발견한 코끼리들은 성큼성큼 다가와 코로 대릭의 구석구석을 훑으며 안부를 확인하고 또 끌어안기도 했다. 코끼리들의 몸과 코에 묻어 있는 진흙과 물기가 대릭의 온몸과 얼굴에 남았다. 그러니 그의 옷은 마를 틈이 없었다. 깨끗한 옷과 신발이 그에게 의미 없는 이유였고 언제든 코끼리 곁에 있겠다는 마음이 선명하게 보였다.

매일 오후 4시 30분, 스카이워크에 있는 캄라 무리가 필드로 슬슬 돌아올 시간이다. 아홉 코끼리가 강줄기를 따라 내려오는 장관을 보기 위해 그 시간이면 사람들은 강을 가로지르는 다리 위에 자리를 잡는다. 무리의 가장 앞에서 움직이는 캄라의 모습이 저 멀리 보이기 시작했다. 그리고 수위가 낮아진 강물 한복판으로 대릭이 들어가 캄라를 불렀다. 그를 발견한 캄라의 발걸음이 빨라지고 마침내 만난 둘은 하루 동안 있었던 일을 이야기라도 하는 듯 한참 동안 둘만의 시간을 보냈다. 코끼리와 사람, 몸도 마음도 서로를 향해 있는 그 모습이 근사하고 경이로웠다.

코끼리와 산책 중

맨발의 진흙투성이 대릭

구석구석 훑으며 안부 인사하기

코끼리들의 엄마, 렉

ENP에 사는 코끼리들이 온몸으로 달려가 반기는 작은 여인이 있다. ENP의 설립자이자 코끼리들의 인간 엄마, 렉이다. 그는 한국에는 많이 알려지지 않았지만, 세계적으로 저명한 코끼리 보호 활동가이자 환경운동가이다.

2020년 처음 ENP에 갔을 때, 렉을 만날 수 있을 거라고는 전혀 기대하지 않았다. 코끼리 구조, 강연, 교육 등으로 태국은 물론 전세계를 다니시는데 얼마나 바쁘시겠어, 라고 지레짐작했다.

ENP에서의 시간이 후반으로 접어들던 어느 날 오후, 일을 하고 있는데 저 멀리 코끼리들이 어느 한 포인트를 향해 모여드는 장면이 눈에 띄었다. 무슨 일이라도 있는 걸까? 가만 바라보니 그곳에 렉이 있었다. 렉을 본 코끼리들이 모두 그에게 달려가 인사를 나누며 애정 표현을 했다. 그리고 그날 저녁 식사를 하기 전 플랫폼에서 잠시 쉴 때였다. 사람들이 잔뜩 모여 있는 게 보였다. 그곳에서 다시 렉의 모습을 발견했다.

나도 모르게 발걸음을 옮겼다. 그리고 뒤쪽에 서서 조용히 그의 모습을 바라보았다. 다른 이들과 한참 이야기를 나누던 렉이 일어서서 나를 보고는 먼저 말을 건넸다.

"어느 나라에서 왔어요?"

순간 마음에 담고 있던 말들이 봇물 터지듯 내 입에서 쏟아져 나왔다.

"얼마 전 한국에서 코끼리 이야기를 다룬 다큐멘터리를 방영했는데, 거기에 이곳과 당신이 나왔어요. 그걸 보고 다른 곳으로 가려던 비행기표를 취소하고 여기로 왔는데, 여기 너무나 근사한 곳이에요!"

당시 나의 목소리도 표정도 무척이나 상기되어 있었던 것 같다.

렉은 정말로, 정말로 환하게 웃으면서 말했다.

"코로나 때문에 취소하는 사람들도 있는데, 이렇게 와주다니 너무 고마워요."

그리고 물었다.

"이곳에 왔던 그 남자 배우, 그분 이름이 뭐였죠?"

"유해진 배우예요."

"그분 너무 괜찮은 사람이에요. 정말 좋은 사람이에요."

거듭 몇 번을 강조하며 촬영 당시 느낀 그의 진정성 있는 모습을 떠올리며 이야기를 들려주었다. 전 세계에서 여러 목적으로 이곳을 찾아오는 사람들을 다양하게 겪어본 그가 유해진 배우에 대해 이야기하는 모습에서 진심이 느껴졌고, 안 그래도 나는 유해진 배우님을 참 좋아했지만 그 이야기를 들으며 더욱더 그를 응원하게 되었다.

토요일 저녁, 자원봉사자들은 렉의 이야기를 직접 들을 수 있었다.

태국의 고산족 출신인 렉은 어린 시절 할아버지가 선물한 코끼리 통캄Thong Kham과 유대를 맺으며 코끼리를 사랑하게 되었다. 대학을 졸업한 후 관광산업에서 일하던 렉은 사람들과 지내는 많은 코끼리들이 착취를 당하고 학대받는다는 사실을 알게 되었다. 벌목 현장에서 무거운 통나무를 끌고, 라이딩 캠프에서 관광객을 태우고, 서커스에서 묘기를 하고 그림을 그리고, 길거리에서 구걸하고, 또 강제로 교배를 당하는 코끼리들. 그리고 이 모든 것에 앞서 어린 시절 '파잔'이라는 과정을 통해 엄마와 헤어지고 신체적으로 정신적으로 고통을 겪으며 평생 그 기억을 간직하고 산다는 것을 말이다.

어느 코끼리 주인에게 렉이 물었다.

"그럼 이 코끼리는 언제 이 일을 그만둘 수 있나요?"

그가 답했다.

"죽어야 끝나죠."

그때부터 렉은 코끼리들을 위해 목소리를 내기 시작했다. 재단을 설립하고 펀딩을 통해 코끼리들이 지낼 수 있는 땅을 마련하고 태국 곳곳의 코끼리를 도우러 다녔다. 2003년, 마침내 코끼리 생태공원 ENP, Elephant Nature Park 을 설립했다.

다큐멘터리 「휴머니멀」에서 렉이 말한다.

"코끼리를 보고 눈물은 누구나 흘릴 수 있어요. 하지만 땀은 누가 흘려줄 건가요."

이 말이 결정적으로 나를 이곳으로 이끌었던 것 같다. 가끔 생각한다. 렉처럼 무언가 잘못되었다고 생각할 때, 무언가 세상에 정말로 필요한 일이라고 생각할 때, 생각만으로 멈추지 않고 실천하고 행동하는 사람들이 있어 그나마 이 세상이 이렇게라도 유지되고 있는 것이 아닐까. 공장 물건처럼 가축을 '생산'하고 대량으로 고기를 '제조'하는 것, 비인간 동물이나 지역 주민들의 권리 혹은 자연의 가치보다 경제적 효율성이 더 중요한 것으로 여겨지는 것, 소수의 목소리보다는 다수의 목소리가 옳은 것으로 생각되는 것, 그런 것들을 생각해본다. 이러한 시스템과 사고방식이 지배적인 세상에서 렉처럼 의문을 제기하고 잘못되었다고 목소리를 내고 행동하는 사람들이 없다면 지금쯤 우리는 과연 어떤 세상에 살고 있을까, 하는 생각을 하게 된다. 그들이, 한 방향으로만 내달리는 이 세상에 브레이크가 되어주고 있는 건 분명하다.

생두언 차일럿, '렉'이라 불리는 그는 1961년에 태어나 올해로 63세다. 생각보다도 정말 자그마하다. 그리고 지금껏 누구에게서도 본 적 없는 맑은 눈빛을 가졌다. 동시에 그의 표정과 말투와 목소리는 부드러우면서도 단호했다. 옳다고 생각하는 일에 확신을 갖고 앞으로 나아가는 자만이 가질 수 있을, 묵직한 힘이 느껴졌다. 내가 좋아서 하는 일이 세상의 어느 부분에든 기여하고 있다는 것, 아니 적어도 어딘가에 해를 끼치고 있지 않다는 것은 얼마나 큰 축복인지. 마음 깊이 담아둔 문구를 떠올린다. "나의 좋음이 세계의 옳음에 가닿기를"^(출처 : 인디고잉 63호) 그리고 내가 좋아하는 것들을 생각해본다.

누구나 웰컴!

"어어, 조심해!"

어슬렁어슬렁 걷는 나를 향해 조금 떨어져 있던 다른 봉사자가 소리쳤다. 반쯤 상념에 잠겨 있다가 정신을 차리고 보니 물소 한 마리가 내 쪽으로 걸어오고 있었다. 깜짝 놀라 걸음을 멈추자 물소는 그대로 직진해서 나를 스쳐 갔다. 물소가 나를 향해 걸어왔다기보다 내가 그의 동선에 있었던 것이다. 어쨌든 물소는 어디까지나 가던 길을 갈 뿐이었겠지만, 그의 의도와 달리 부딪히면 안 될 것 같긴 했다.

코끼리는 마훗과 1 대 1로 늘 함께인 데 비해 물소는 보다 자유롭게 ENP를 누빈다. 커다랗고 날카로운 뿔을 머리에 이고 있는 모습과 달리 누구보다 맑고 크고 순한 눈빛의 물소들은 코끼리 때문에 다소 관심 밖에 놓여 있긴 하지만, 볼수록 매력적이다. 특히 개들에게 당하는 모습이 자주 목격되는데, 커다란 뿔로 위협하는 흉내만 한번 내도 개들이 깜짝 놀라 다시는 까불지 않을 것 같지만 자신을 향해 짖어 대는 개들에게 매번 순순히 당해준다. 도살장에서 죽음을 눈앞에 둔 순간에 구조되어 이곳에 온 물소들은 이제는 마치 아프리카 사바나의 물소 떼가 그러하듯, ENP를 둘러싼 아름다운 강을 떼 지어 건너기도 한다.

ENP에서 가장 자유로워 보이는 영혼은 바로 개들이다. 그들은 ENP 어디에나 있다. 코끼리 곁에도, 봉사자 옆에도, 테이블 위에도, 강가에도, 숙소 방문 앞에도, 나의 밤 산책에도 함께하고 있다. 과거에 집착하거나 미래를 걱정하는 대신 현재를 오롯이 느끼며 살아가는 이 멋진 존재들은 아직 행동이 어설픈 아기 코끼리의 약을 잔뜩 올리기도 하고, 사람들 쪽으로 이동하는 물소들을 용맹하게 좇아주기도 한다. 봉사자 미팅 중에 테이블 위에 주인공처럼 올라앉아 사람들의 손길을 즐기고, 봉사자들 숙소 앞에서 아련한 눈빛으로 방문이 열리기를 기다리기도 한다. 뜨거운 한낮, 그늘 명당을 찾아 나른하게 낮잠에 빠진 이들의 모습은 내 마음까지 편안하게 이완시켜주곤 했다. 사실 이렇게 ENP에서 경계 없이 돌아다니는 일명 '플랫폼 개'들은 극히 일부이다. 건강 문제,

사람 혹은 다른 동물들과 어울려 지내는 데 문제가 없는 이들에게 허락된 극한의 자유랄까. 대신 이들은 ENP에 있는 아기 코끼리와 놀아주고 봉사자들에게 유쾌한 기운을 전하는 책무를 담당한 듯하고, 언제나 완벽하게 임무를 수행하고 있다.

이와 달리, 사람들의 돌봄이 꼭 필요한 개들이 지내는 곳이 바로 '도그 쉘터'이다. ENP의 도그 쉘터는 2011년 방콕 홍수 때 시작되었다. 대홍수 현장에서 구조된 개들 중 일부가 ENP에 와서 새로운 삶을 시작했고 이를 기점으로 길거리에 살던 유기견들, 강아지 공장에서 착취당하는 개들, 라오스나 베트남에서 식용으로 불법 거래되는 개들을 구조하기에 이르렀다. 지금은 8백마리가 넘는 개들이 ENP에 살고 있다.

개들이 워낙 많다 보니 산책을 시키려면 봉사자들의 도움이 꼭 필요하다. 그래서 봉사자들은 빈 시간에 이곳에 가서 개들과 산책을 하거나 손이 필요한 곳의 작업을 돕는다. 그들 말처럼, 야생에서는 만날 일이 없는 코끼리와 개가 이곳 ENP에서는 자연스럽게 서로의 존재를 인식하고 함께 살아가는 것이다. 뒷다리가 마비되어 휠체어를 타는 개와 산책을 하다 보면 코앞을 지나가는 코끼리, 물소, 그리고 바쁘게 뛰어다니는 자유로운 영혼의 개들을 마주치는데, 서로 있는 듯 없는 듯 때로는 무심하게 때로는 잠깐의 관심을 보이며 스치는 모습이 인상적이다. 장애가 있는 개는 커다란 코끼리를 무서워하지 않고 그가 지나가기를 기다리고, 거대한 코끼리는 작은 개를 놀라게 하거나 위협하지 않는다. 낯선 존재도 이방의 존재도 서로 자리를 내주고 있는 그대로 받아들이면 평화롭게 함께할 수 있다. 호들갑을 떠는 건 늘 나뿐인 듯했다.

이곳 개들에게 가장 좋은 건 당연히 평생의 가족을 만나는 일이다. 해외 입양을 기다리는 개들의 프로필이 홈페이지에 올라가 있다. 입양된 개들은 가족이 기다리는 곳으로 비

볼수록 매력적인 물소들

행기를 타고 가야 하는데, 이 이동을 도와줄 사람이 필요하다. 코로나 팬데믹 기간에는 입양은 되었지만 이동 봉사자가 없어 새 가족과의 만남을 하염없이 미루어야 하는 사태가 지속되어 어려움을 겪기도 했다. 유럽, 미국, 캐나다 등지로 대부분의 입양이 이루어지다 보니, 유럽이나 미국에서 온 봉사자들은 종종 귀국길에 이 일을 맡아서 하는 경우도 있다. 나도 언젠가 한번쯤은 한국으로 입양되는 이곳의 개와 함께 귀국할 수 있을까?

꼭 소개해야 할 또 다른 주민이 있다. 인류와 반려하는 대표적인 두 종 가운데 아직 등장하지 않은 바로 그 존재, 고양이다. ENP를 휘둘러 흐르는 강을 따라 걸어가면 캣 킹덤 Cat Kingdom이 나온다. 여기엔 무려 2천 마리가 넘는 고양이가 살고 있다. 코로나 이전에는 8백여 마리 정도였는데 팬데믹 기간에 그 수가 급증했다고 한다. 움직임이 조용하고 구석진 곳에 숨어 있길 좋아하는 행동 특성 때문인지 얼핏 보아서는 2천 마리나 있다는 게 실감 나지 않지만 밥시간이 되면 '고양이들이 정말 많구나' 생각하게 된다. 이곳 고양이들은 고양이 번식장을 비롯해 애니멀 호딩animal hoarding이 자행되는 곳에서 구조되어 왔다. 자신의 상황을 고려하지 않고 지나치게 많은 동물을 데려다가 제대로 돌보지 않는 애니멀 호딩은 태국에서도 예외 없이 발생하고 있다.

캣 킹덤은 일과 중 비는 시간이면 언제든 방문할 수 있다. 이곳을 방문한 인간 동물들은 하나같이 고양이의 애정을 갈구하느라 바쁘다. 눈을 천천히 깜빡거리며 키스를 하고 화려한 스킬로 낚시 장난감을 흔들어 댄다. 그 노력을 가상히 여겨 영광스럽게도 다가와준 고양이에게 기꺼이 무릎을 내어준 인간은 세상 다 가진 표정으로 웃고 있다. 나도 물론 그들 중 하나였다. 그런데 나는 오래전부터 고양이를 짝사랑해 왔음에도 이렇게까지 많은 고양이와 함께 오랜 시간 있어본 적은 없어서인지 내게 고양이 알레르기가 있다는 사실을 여기 와서 처음 알게 되었다. 고양이를 안고 업고 쓰다듬으면서 한참 시간을 보내다 보니 눈이 벌겋게 충혈되면서 쉴 새 없이 기침이 나고 숨이 가빴다. 호흡이 곤란하다고 느껴져서 살짝 두려울 정도였다. 안 되겠다 싶어 나는 굳게 다짐했다. 내일부터는 마스크를 꼭 쓰고 오리라. 알레르기 따위가 고양이와의 시간을 방해할쏘냐. 그리하여 마스크를 쓴 나는 매일매일 빠짐없이, 우아하고 유연하고 묘한 존재들을 만나

캣 킹덤에서의 행복한 한때

러 갔다. 매일 오후 3시쯤 캣 킹덤으로 룰루랄라 걸어가다 보면 안쪽 마을에 사는 개 한 마리가 내가 오는 걸 어찌 알았는지 해맑은 미소를 지으며 어

김없이 달려 나와(마중인지 배웅인지 모르겠지만) 캣 킹덤의 입구까지 동행해주었다. 간식을 가진 것도 아닌데 매번 이렇게 달려 나와 인사해주는 개가 너무 고마워 나도 다정한 표정으로 인사와 손길을 건넸다. 캣 킹덤으로 꺾어지는 작은 나무 계단, 딱 거기까지였다. 그곳에서 개는 다시 꼬리를 흔들어 인사를 건네며 유유히 돌아갔다. 이렇게나 무해한 존재들이 언제나 어디서나 곁에 있다니! 매 순간 나는 황홀했다.

ENP에는 실로 다양한 주민이 살고 있다. 앞서 소개된 이들 외에도 소, 말, 염소, 토끼, 오리, 닭, 돼지 등이 살고 있고, 이곳의 주민이 될 자격 조건은 따로 없다. 세상에 태어난 모든 존재는 고통받지 않고 자유롭게 자신의 삶을 누릴, 지극히 당연한 권리를 가졌으니까!

🐘 ENP의 개들: 지극히 주관적인 프로필

플랫폼 개들의 이름을 알아봅시다.

사람과의 관계에서와 비슷하게, 나는 이곳 개들과 관계를 맺는 데도 시간이 좀 필요했다. 두 번째로 ENP를 다시 갔을 때 이름을 기억하는 개는 '먼데이'뿐이었다. 이제는 코끼리만큼이나, 실은 때때로는 이들이 더욱 그립다. 지면에 다 담을 수 없는 플랫폼 개들, 그리고 글로 다 표현할 수 없는 이들과의 이야기가 가득하다. 누구든 이곳을 방문한다면 이 사랑스러운 얼굴들을 가장 먼저 만날 가능성이 높다는 것을 기억하길!

먼데이

먼데이^{Monday}는 모두에게 사랑받는 존재였다. 필드로 일하러 나가는 봉사자들을 따라나와 함께 다니다가, 사라졌다 싶으면 어느새 플랫폼에서 뿅 하고 모습을 드러냈고, 숙소로 걸어가는 길에는 갑자기 또 어딘가에서 쑥하고 튀어나오기도 했다. 그야말로 동에 번쩍 서에 번쩍하며 어디에나 있었다. 내가 먼데이를 처음 만났을 때로부터 4년이 넘는 시간이 흘렀고, 이제 그런 모습은 먼데이의 과거가 된 듯하다. 개들의 4년은 우리의 4년과는 다르기에. 먼데이는 여전히 예쁘다. 쭉 뻗은 다리, 쫑긋한 귀, 긴 목과 긴 입, 그리고 맑은 눈. 작은 고라니 같은 모습을 하고 있다.

투데이

알파독 투데이^{Today}에게는 그에 걸맞은 무게감이 있다. 걸음걸이에도, 표정에도. 까만 얼굴에 진한 갈색 눈동자, 속을 알 수 없는 무표정이 내가 기억하는 그의 트레이드 마크이다. 먼저 다가오는 순간조차도 무표정으로 일관하는 투데이. 필드에서 코끼리와 사진을 찍으려고 쪼그리고 앉은 나에게 투데이가 다가왔다. 덕분에 나와 코끼리와 투데이와 함께 찍은 사진이 남았다. 투데이는 나를 기억하는 걸까? 다음번에는 좀 더 적극적으로 투데이에게 말을 걸어볼 참이다.

데스몬드

데스몬드Desmond는 플랫폼 2층, 봉사자들의 미팅 장소에 주로 머문다. 희끗희끗한 얼굴과 치석 낀 이빨로 확인되듯 나이가 많다. 데스몬드는 들을 수 없어서, 인사를 할 때는 몸을 낮추고 천천히 앞쪽으로 다가가서 그의 코에 내 손등을 대고 냄새를 조심스럽게 전한다. 주로 2층에 홀로 있지만 부드럽게 쓰다듬는 손길을 좋아하고, 충분히 오랫동안 곁에 있어주기를 바라는 듯한 느낌이 전해질 때도 있다. 그래서 나는 가끔 저녁 식사 후, 어둡고 고요해진 2층 미팅 장소에 올라가 데스몬드와 가만히 나란히 앉아 시간을 보내다 오곤 했다.

주니어

플랫폼에서 데이브와 더불어 가장 몸집이 큰 이 친구의 이름은 주니어Junior다. 이렇게 자랄 줄 모르고 어릴 때 붙여준 이름일까, 혹은 너무 큰 몸집을 가졌으나 귀여움으로 중무장

해서 붙여준 이름일까. 모르겠지만 어쨌든 주니어는 큰 개들에게 익숙하지 않은 이들에게는 좀 놀랄 정도로 크지만(과장조금 보태서 갓 태어난 송아지보다 조금 작다) 순하고 사랑스러운 성품을 가졌다. 주니어의 등 가운데를 보면 일자로 털이 반대로 자라 있어 궁금증을 자아낼 수 있는데, 로디지안 리지백^{Rhodesian Ridgeback}이라는 견종의 특성이라고 한다.

키나

처음 만났던 2020년에도 키나^{Kina}는 나이가 적지 않아 보였다. 플랫폼의 그늘진 곳에 모로 누워 대부분의 시간을 잤다. 이름을 부르고 쓰다듬어주면 꼬리를 살랑거리며 좋아했지만 크게 움직임은 없었다. 다시 만났을 때, 강가에 내려가 서성이는 키나를 발견하고 조심스레 그를 불렀다. 그러자 키나가 느릿한 걸음으로 수풀을 헤치고 올라와 방갈로에서 자신을 기다리고 있는 나에게 오더니 바닥에 털썩 드러누웠다. 키나가 날 기억하는지는 모르겠으나, 아마도 자신을 알고 있는 듯한 사람이라 생각한 것 같았다. 키나가 그런 내 곁에서 한낮의 햇살을 피해 시원한 그늘에서 잠시 편안하게 쉴 수 있기를 바랐다. 키나는 풍성한 검은 털과 밝고 맑은 갈색 눈을 가졌다.

멈맴

그야말로 천방지축 강아지로 여기저기서 혼나는 게 일이었던 멈맴 MomMam은 다시 만난 반년 만에(상대적으로) 많이 차분해져 있었다. 멈맴은 태국어로 '더럽다'dirty라는 의미라는데, 멈맴이 코끼리 똥을 자꾸 먹어서라나 뭐라나, 그리고 머지않아 멈맴은 자신의 이름을 당당히 증명해 보였다. 그래도 설마 '더러움'이라고 이름지었을 리는 없으니, 우리가 흔히 아기들에게 말하는 '지지!' 정도의 느낌인 걸까? 어쨌든 그래서 코디네이터 조는 멈맴 대신 브라우니Brownie라고 부르는 걸 더 좋아한다고 했다. 멈맴은 완전한 쩍 벌린 자세로 바닥에 등을 대고 누워 있는 걸 무척 좋아한다.

[위] 치즈냥, 빅오렌지   [아래] 캣 킹덤의 식사 시간

나의 사랑스런
빅오렌지

지금은 고양이들이 캣 킹덤에서 따로 지내지만, 2020년 ENP에 처음 갔을 때는 플랫폼 곳곳 각자의 영역에 살고 있었다. 그리고 당시 내가 머물렀던 2층 숙소 앞의 발코니 공간도 한 고양이의 세계였다. 나는 그의 영역을 잠시 빌려 쓸 뿐이었다.

그는 '치즈냥'이었다. 나와 함께 방을 쓴 두 명의 캐나다 친구들은 그 고양이에게 '빅오렌지'라는 이름을 붙여주었다. 이름 그대로 오렌지빛 털의 커다란 고양이였다. 햇살을 받을 때면 그는 더욱 찬란해졌다.

매일 ENP를 오고 가는 수많은 사람들에 익숙해진 대부분의 고양이가 사람 손길을 두려워하거나 피하지 않는다. 되레 자기 몸을 내맡기며 대놓고 드러눕는 멍냥이들도 아주 많았다. 빅오렌지 역시 사람의 손길을 좋아하고 사람에게 안기길 즐기는 고양이였다. 첫날 오리엔테이션 때 고양이들을 방에

들이지 말라는 주의 사항을 전달받았다. 하지만 그리 심각하게는 생각하지 않았다. 얼마 지나지 않아 그게 무슨 의미인지 완벽하게 이해할 수 있었다. 빅오렌지는 틈만 나면 방에 들어올 기회를 엿보았고 몇 번쯤은 성공도 했다. 그리고 때로는 애절한 눈빛을 마구 보내고는 했다. 나는 그 사랑스러운 유혹에 늘 힘겨웠다.

아직 어둠이 채 가시기 전, 아침밥을 먹으러 나가려고 문을 열면 어김없이 빅오렌지가 문 앞에서 다소곳하게 앉아 기다렸다. 계단을 내려가는 나를 따라와 몸을 비비며 가지 말라며 아쉬워하고, 1층까지 내려와서는 결국 살짝 토라진 표정으로 어쩔 수 없다는 듯 나를 보내주었다.

빅오렌지는 고양이답게 잠도 많았다. 낮이고 밤이고 동그랗게 몸을 말고 한 손으로 얼굴을 가리고 잠든 모습은 언제 봐도 사랑스러웠다. 고양이를 안는데, 몸이 늘어나지 않고 마치 강아지를 안을 때처럼 번쩍 들려서 폭 안기는 느낌을 아는지, 빅오렌지는 그런 느낌으로 안겨 왔다. 가끔 그가 방에 들어오기를 성공할 때면 안아서 내보내야 했다. 그럴 때마다 빅오렌지를 한참이나 껴안았다. 내게 안긴 빅오렌지도 그르렁거리며 행복한 기분을 숨기지 않았다. 빅오렌지랑 놀고 나면 눈이 충혈되고 가려웠지만, 그래도 좋았다.

지금도 자주, 많이 생각난다. 빅오렌지를 떠올리면 2층의 그 숙소 방문 앞, 자신만의 공간에서 턱을 괴고 엎드려 눈동자를 치켜 올려 나를 바라보던 그의 모습이 생생하게 떠오른다.

ENP를 다시 찾았을 때 고양이들은 모두 새롭게 만든 생긴 캣 킹덤으로 이주한 상태였다. 내가 묵었던 2층 숙소는 그대로였지만 그곳에 빅오렌지는 없었다. 캣 킹덤에 갔을 때 빅오렌지를 찾아보았지만 내가 못 알아본 것인지 그를 만날 수 없었다. 언제 어디서나 고양이와 함께였고, 빅오렌지와 서로의 품을 나누었던 2020년의 첫 ENP는 그런 점에서 나에게 무척 특별하다. 길에서 치즈냥들을 마주칠 때면 언제나 빅오렌지가 떠오른다. 내 품에 폭 안겨 그르렁그르렁 한없이 기분 좋아하던 빅오렌지.

강아지 수영장 청소 중

랍뿐디카, 잘 자!

2020년 ENP에 갔을 때 가장 큰 어려움은 다름 아닌 언어, 그러니까 영어였다. 영어를 아주 잘하는 건 아니지만, 그래도 영어권 출신의 한두 명과는 두런두런 이야기를 나눌 수 있다고 생각했다. 하지만 영어를 모국어처럼 사용하는 사람들이 우르르 모여 앉아 이야기를 나누기 시작하면 어느 순간 이야기의 흐름을 놓쳐버렸다. 그러다 보니 소통하기도 어려웠고 민폐를 끼치는 사람이 되는 것 같아 마음이 불편하고 쪼글쪼글해졌다.

당시 자원봉사자는 70명 정도였는데, 그중 아시아인은 넷뿐. 그중에 나는 유일한 한국인이었다. 그나마도 나머지 셋은 대만에서 와서 나는 그야말로 혼자였다. 사실 한국에서 나는 혼자서도 잘 먹고 잘 놀지만, 여기서는 밥을 먹는 시간이 제일 어려웠다. 영어로 대화를 쏟아내는 외국인들과 함께 앉으면 밥을 먹는 건지 듣기 평가를 하는 건지 알 수가 없었다. 그렇다고 혼자 먹고 있으면 다른 봉사자들이나 코디네이터들이 내가 짠한지 자꾸만 챙겨주려 해서 더 부담이 되었다.

거기에 더해, 이곳의 모든 소통과 프로그램이 영어로 진행되고 두 시간이 넘게 영어로 설명하는 시간도 있다. 잘 알아듣지 못한 부분에 눈치코치와 상상력을 더해 이야기를 듣다 보면 가끔은 내가 소설을 쓰는 기분이 들기도 했다. 그러다 보니 이곳에서 아시아 사람을 만나기 어려운 것도 어느 정도 이해가 되기는 했다.

그럼에도 나는 ENP에서의 시간이 너무 행복했고 꼭 다시 오리라 생각했다. 물론 결국엔 그렇게 하고야 말았다. ENP에 다시 도착하는 순간, 꿈에서도 그리웠던 익숙한 풍경에 눈물이 찔끔 날 만큼 좋았고, 2020년에 코디네이터로 만났던 '왓'을 다시 만나 익숙한 얼굴과 함께 일주일을 보내게 된 것도 무척 반가웠다.

그렇게 3년 만에 돌아갔던 2023년의 두 번째 ENP.

사흘째 되던 날 밤, 태국 문화와 언어를 배우는 시간이 있었다. 태국의 인사법과 왕실 문화, 승려들의 생활, 음식 등에 대해 알려주었고, 거기에 더해 몇 가지 일상적인 태국어도 가르쳐주었다. 그러다가 문득, 2020년에도 2023년에도 여기서 나는 '영어를 더 잘하면 좋았겠다', '영어 공부 열심히 해야지'라는 생각을 수시로 했지만 정작 태국어를 배우고 말해볼 생각은 전혀 하지 않았다는 사실을 깨달았다. 순간 부끄럽고 미안한 마음이 올라왔다. 물론 태국어를 하지 못해도 태국을 여행하는 데에는 어려움이 거의 없고, 영어로 모든 프로그램이 진행되는 ENP에서 지내는 데에도 크게 문제가 없다. 하지만 여기는 태국이고 저들은 태국인인데 왜 나는 영어에만 집중하고 있었을까, 라는 생각이 들었다. 이제야.

프로그램을 마치고 저녁 인사를 나누며 코디네이터들에게 '잘 자'라는 인사를 태국어로 건넸다. 그러자 발음이 좋다며 그들이 활짝 웃는데, 나도 모르게 헤벌쭉 따라 웃어버렸다. 이튿날 아침에 밥을 먹으러 나가서는 눈알을 굴리며 전날 배운 '잘 잤니?'라는 표현을 태국어로 말했다. 잠이 덜 깬 부스스한 얼굴을 서로 마주하고 활짝 웃으며 아침을 열었던 순간이 생생하다.

'잘 먹었습니다', '맛있는 음식 고맙습니다'를 태국어로 어떻게 말하는지 물어볼걸 그랬다. 식사 후 그릇을 정리할 때 항상 앉아 계시는 식당 직원분들이나 식사를 준비해주는 분들은 영어를 못하는데, 그 말 한번 건네드렸으면 얼마나 좋았을까 싶다. 엄지척하거나 미소를 지으면서 내 마음이 전달되었겠지, 라고만 내내 생각했던 것 같다.

세 번째 방문을 앞두고 사진을 뒤져 그날의 기억을 되살렸다. 그리고 얼마 후 ENP에서 다시 만난 코디네이터에게 인사를 건넸다.

"싸와디 카! 싸 바이 디 마이 카?"^{안녕! 잘 지냈어?}

그러자 "오, 아직도 그걸 기억해?"라며 기분 좋은 미소가 되돌아왔다.

태국어는 성조가 있어서 말할 때 높낮이가 무척 중요한데, 한 가지 좋은 사례가 있다. 태국어로 '코끼리'는 '창'^{Chang}이고 '나(여성)'는 '찬'^{Chan}이고 '귀엽다'는 '나락'^{Na Rak}인데, '코끼리 귀여워'인 '창 나락'이 성조에 따라 '찬 나락'으로 들려서 '나 귀여워'가 되기 십상이라고. 창과 찬이 발음이 비슷하고, 창은 높은 성조, 찬은 상대적으로 낮은 성조이기 때문이다. 왓이 '코끼리 귀여워'라고 태국어로 더듬더듬 말해보는 내게 '뭐? 네가 귀엽다고?'라고 놀리면서 가르쳐준, 성조의 중요성. 기억하겠어!

코디네이터 '왓'과 함께

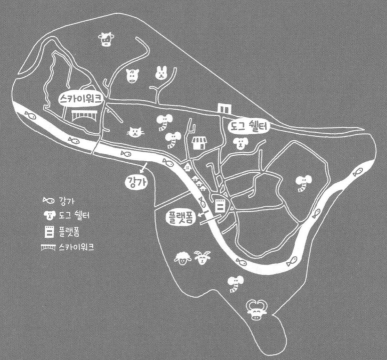

마웃과 코끼리

  목요일, 이곳에서의 시간을 멈출 수 있다면 이쯤이 딱이다. 흥분과 설렘이 여전히 남아 있고, 아쉬움이 슬며시 발을 들이기 시작하는 시점.

  하루가 다르게 익숙해지면서도 ENP에서의 순간순간은 끊임없이 새롭다. 아무리 바라보아도 질리지 않는 풍경과 코끼리들, 매일 만나도 처음처럼 반겨주는 개들, 한결같이 도도한 고양이들, 일주일 한정 나의 임시 보호자인 든든한 코디네이터들, 늘 밝은 표정으로 인사하는 카페 사장님, 말이 통하지 않아도 눈이 마주치는 순간 수줍은 웃음이 번지는 스태프들까지 낯섦 속의 익숙함, 익숙함 속의 설렘이 공존하는 시간이 이어진다.

  봉사자들이 플랫폼에서 비슷한 시각에 매일 만나게 되는 코끼리들도 그런 존재다. 그리고 그 곁에는 항상 그림자처럼

185

함께하는 마훗이 있다.

마훗은 아시아 지역에서 코끼리를 조련하고 관리하는 사람을 부르는 말이다. 영어로는 '관리인'을 뜻하는 '케어테이커'caretaker 혹은 보다 돌봄의 의미를 담은 케어기버caregiver 라고도 부르지만 고유명사처럼 마훗을 그대로 사용하는 게 일반적이다. 마훗은 대부분 태국과 버마 국경 지역의 원주민인 카렌족Karen 출신인데, 이들은 아주 오래전부터 이동이나 고된 일에 코끼리를 이용하며 함께 생활해왔다. ENP에서 마훗은 코끼리와 가장 가까이 있지만 직접 이야기를 나눌 기회가 좀체 없었다. 영어로 의사소통이 어려운 경우가 대부분이기도 하다. 그럼에도 매일 만나는 코끼리와 그의 짝꿍 마훗은 인사 한번 건넨 적 없어도 아주 낯익은 얼굴이 되어버려 나도 모르게 내적 친밀감이 꽉꽉 채워지고 있었다.

이른 아침, 플랫폼에 앉아 밥을 먹고 있으면 두 코끼리가 약간의 시차를 두고 마훗과 함께 등장한다. 먼저 출근하는 코끼리의 마훗은 언뜻 보아도 10대 후반이나 되었을까 싶은데, 문제는 그가 담당한 코끼리가 지독히도 말을 듣지 않는다는 것이다. 아무래도 경력이 짧고 어린 마훗을 만만하게 보는 것 같았다. 강을 건너가야 하는데 코끼리는 시시때때로 걸음을 멈추었고 마훗이 건네는 바나나는 거들떠보지도 않은 채 무화과나무로 달려가기 일쑤다. 매일 아침 그 장면을 생중계로 보는 우리에게는 그 둘의 어긋난 케미마저 유쾌하고 재미있는 장면이었으나 정작 그에게는 매일 아침 진땀깨나 흘리는 고난의 출근길이었을 듯하다. 다음번 방문 때는 이 둘의 관계가 좀 진전이 되어 있을까, 궁금하다.

그들 뒤를 이어 출근하는 또 다른 마훗과 코끼리는 사뭇 다른 분위기다. 무엇보다 마훗에게서 깊은 연륜이 느껴졌다. 온몸에 여유를 장착하고 느긋하게 걸어오는 마훗 뒤로 코끼리 또한 물 흐르듯 그를 따랐다. 마훗은 그저 한 번씩 "어이!" 하며 뒤도 돌아보지 않고 코끼리에게 관성적인 지시어를 툭 던질 뿐이다. 이들이 우리 앞을 지날 때면 우리는 손을 흔들며 "사왓디 카."^{안녕}라고 인사를 건넸다. 수줍은 표정으로 손을 흔들어주는 그와의 아침 인사는 늘 정겹다.

마훗이 주방 쪽으로 과일을 가지러 들어가면 코끼리는 그가 나올 때까지 어찌나 얌전히 기다리고 서 있던지. 과일을 잔뜩 채운 바구니를 끌고 마훗이 나타나면 코끼리는 다시 그를 따라 조용히 강변 한쪽으로 멀어져 간다. 그렇게 모든 코끼리와 마훗이 각자의 하루를 보낸다.

코끼리도 마훗도 모두 이름이 있지만, 정작 내가 아는 건 그들 중 극히 일부에 불과했다. 어떤 코끼리들은 강 건너편, 우리가 갈 수 없는 곳에서 지내기 때문에 ENP에 머무는 동안 스칠 기회조차 없다. 또 수컷이거나 격리 중이거나 하는 여러 이유로 별도의 공간에서 지내는 코끼리들 역시 만나기가 쉽지는 않다.

결국 120여 마리 코끼리 중 일부만을 만나고 그들의 이야기를 듣게 된다. 렉, 대릭, 혹은 코디네이터들을 통해 전해 들은 코끼리들의 사연을 통해 그들의 이름과 모습이 뇌리에 깊이 박힌다. 비루한 기억력을 가진 내가 또렷하게 내뱉는 이름인 메도, 조키아, 야이부아, 노이나, 아기 코끼리 차바가 그렇다.

누군가를 만나고 이름을 알고 그의 이야기를 듣는 것은 내가 그의 세상에 들어가는 것, 내가 모르던 새로운 세상을 만나는 일이다. ENP에 있는 120여 개의 세상 중 나는 극히 일부의 세상에 발을 들였을 뿐이라 다른 세상의 모습과 이야기도 궁금하다. 그곳의 개들도, 사람들도 모두 마찬가지

그림자처럼 항상 함께하는 마웃

마웃의 코끼리 조각상

다. 그래서 자꾸만 이곳에 다시 오겠다는 생각을 하나 보다.

어느 날 오후 우리 작업팀이 스카이워크 탐방을 하는 중이었다. 마훗이 조각한 나무 코끼리 두 마리가 의자에 놓여있는 게 보였다. 한 팀원이 그 코끼리를 구입하겠다고 했다. 코디네이터는 덱^{deck}길 아래쪽에 있던 마훗, 그러니까 조각상 주인에게 이야기했고 마훗은 기둥을 타고 순식간에 위로 올라왔다. 그리고 그 자리에서 바로 거래가 이루어졌다. 그렇게 코끼리 작품은 새로운 주인을 만났다.

그 후 걸음을 옮기면서 코디네이터 앗이 툭 던지듯 말했다.

"사실 전 코끼리 조각상에 이름을 붙이지 않으면 좋겠어요. 아무래도 사람들은 특별한 사연이 있는 코끼리나 아기 코끼리를 더 많이 찾는데, 사실 사람들이 만나기 어려운 코끼리들이 더 많거든요. 그 코끼리들을 돌보는 마훗들도 많고요. 강너머에는 공격성이 있는 코끼리와 수컷 코끼리도 있어요."

플랫폼 한편에는 '마훗 카빙'^{Mahout Carving}이라는 이름으로 바로 그 코끼리 조각상들을 판매하고 있다. 마훗들은 코끼리와 함께하면서 틈틈이 작품을 만든다. 어디서 배운 것인지, 하다 보니 잘하게 된 것인지는 모르겠지만 작품 수준이 놀라울 정도로 뛰어나다. 그리고 조각한 마홋의 이름과 짝꿍 코끼리의 이름이 적혀 있다. 어떤 이름은 친숙하고 어떤 이름은 낯설다.

다른 누군가의 이름을 알고 그의 세상을 만나 나에게 특별한 의미를 지닌 존재가 되는 것은 아름답고 경이로운 일이다. 그러나 한편으로는, 그 특별한 타자를 통해 그 세상의 다른 존재들의 삶을 가늠해보고 그들을 기억하고 생각하는 것이 필요하지 않을까. 기구한 사연을 가진 조키아의 이야기를 들으며 그가 나에게 특별한 존재가 되었다면, 거기에서 멈추지 않고 조키아를 통해 다른 수많은 코끼리들의 삶에 대해서도 생각하고 관심을 가지는 것 같은. 만약 신체적 불편함이 있는 이와 친구가 되었다면, 그 사람과 나의 관계를 넘어 장애를 가진 수많은 사람들의 평범함과 어려움 같은 것들에 대해 생각하고 관심을 가지고, 마음이 움직인다면 내가 그들의 세상을 위해 할 수 있는 것을 하는 것과 같은. 내가 이름을 아는 존재들이 진정 원하는 건, 어쩌면 자신들에 대한 관심과 애정 너머에 있을지도 모르겠다는 생각이 들었다.

휠체어를 타고 산책에 나서는 '댕'

체리, 그 이름을
기억하며

오전에는 강가에서 돌멩이를 모았다. 이런저런 구조물을 만드는 데 사용되는 재료를 모으는 작업이다.

열 명이 채 되지 않는 팀원들이 넓은 강가에 널리 널리 퍼져 돌멩이 줍는 일에 집중했다. 점점 뜨거워지는 햇빛 아래서 묵언수행을 하듯 나 홀로의 작업을 이어가다 보니 내가 의미 없이 굴러다니는 돌멩이가 될 지경이었다. 그때쯤 무적의 해결사가 나타났다. 반가운 플랫폼 개들이다. 진중하면서도 짓궂은 알파독 투데이, '이것이 비글이다'를 시연하는 비글 위즈, 앞뒤 분간 없기로는 위즈를 능가하는 멈맴이 나타난 것이었다. 위즈가 돌멩이를 모으는 포대 자루 위에 철퍼덕 자리를 잡고 앉아 비키라고 해도 꿈쩍하지 않았다. 코디네이터는 '얘 또 이런다' 하는 표정으로 잔소리를 쏟아냈지만 그 모습을 보면서 나는 웃음이 터졌다. 이후로도 자꾸만 일을 방해해서 결국 잡혀 나가는 투데이의 뒷모습에 우리는 또 깔깔거렸다. 아무리 생각해도 이게 바로 플랫폼 개들의 '일'인 것 같다. 이곳 사람들에게 웃음의 순간들을 선물하는 것. 그리고 이들은 너무도 충실하게 자신의 일을 수행하고 있다. 그래서 ENP에서는 개들이 가장 바쁘다.

플랫폼에서 자유롭게 돌아다니는 개들 대부분은 몸집이 중형견 이상이다. 큰 개에 익숙하지 않다면 처음엔 다소 두려울 수 있지만, 이들 대부분은 사람들에게 그다지 관심이 없거나 친절하다. 그러니 너무 걱정하지 않아도 된다.

오히려 개를 좋아하는 이라면 한 가지 주의할 점이 있다. 바로 빨간 스카프를 맨 개들. 이들을 조심하라는 안내문이 플랫폼 곳곳에 붙어 있고, 오리엔테이션 때도 안내받는다. 그런데 분명 빨간 스카프를 목에 두르고 있는데, 개중에는 가끔 해맑은 표정으로 다가오는 개가 있다. 스카프를 잘못 맨 건가 싶게. 내 눈엔 너무 사랑스럽게만 보이지만, 어쨌든 예민하고 공격성이 있다고 하니 나는 얼른 마주친 눈을 피하고 모르는 척해본다. 아니, 빨간 스카프를 매고 저리도 다정한 눈빛으로 나에게 다가오다니, 이 개가 나를 시험하는 건가 싶기도 했다. 코끼리들을 위해 쌓아놓은 모래 더미 위에 올라가 세상 편안하고 나른한 표정으로 엎드려 있는 개들 모습이 너무 보기 좋아 휴대폰 카메라를 바짝 들이대다가 빨간 스카프를 발견하고는 화들짝 놀란 적도 한두 번이 아니었다. 이곳에 오래 머문다면 그들과도 친해질 기회가 있을지 모르겠지만 고작 일주일을 스쳐 가는 사람으로 이곳 규칙을 지키려고 무던히도 애썼다. 사실 잘 따르는 개들을 방으로 들이고 싶고, 맛있는 것도 주고 싶은 마음은 항상 굴뚝같았지만, 정말 꾹 참았다. 생각해보면, 어떤 개가 되었든 먼저 다가가고 원치 않는 스킨십을 하는 것은 무례하고 위험한 일이기 하니, 어쩌면 당연한 매너일지도 모르겠다. 반면 만나기만 하면 배를 까고 드러누우며 극강의 친화력을 보이는 개들도 있으니 너무 아쉬워하지는 말기를!

팁을 주자면, 개들의 관심과 사랑은 아무래도 아침시간에 가득 충전되어 있다. 종일 ENP를 드나드는 사람들의 관심과 손길을 받는지라 개들은 보통 오후쯤 되면 슬슬 사람들을 피해 다닌다. 불러도 못 들은 척 휙 지나가는 것도 다반사. 그럴 만하다 싶기도 하다. 하지만 밤사이 충분히 휴식을 취하고 사람들과 멀어졌던 개들은 아침시간에는 사람들에게 먼저 다가와서는 자신을 쓰다듬어주는 손길을 충분히 즐긴다. 서로 반려하는 인간과 개는 어쩔 수 없이 서로의 온기를 느끼며 전해 받는 평온함을 갈구하는구나 싶었다.

또 하나, 당연한 이야기지만 이름을 불러주면 확실히 더 빨리 친해질 수 있다. 하다못해 고개를 휙 돌려 한 번 쳐다봐 주기라도 한다. 플랫폼 입구에는 개들의 증명사진과 이름이 기록된 보드가 놓여 있다. 혹은 급하게 이름을 알고 싶은 개가 있다면 주변에 있는 스태프 누구에게든 물어보면 대답이 돌아온다. 그러니 개들과의 스킨십을 좋아한다면 이 팁들을 꼭 기억하길.

마침 이름 이야기가 나와서 하는 말인데, 나는 이름을 기억하는 것에 정말 취약하다. 아주 강렬한 인상을 남긴 경우가 아니라면 누군가의 이름이라는 것이 머릿속에 각인되는 경우는 그리 많지 않다. 그러다 보니 ENP에 머무는 동안 매일 만나고 이름을 부르고 몸을 비비며 예뻐하던 개들인데도 두 번의 ENP 방문 후에 기억하는 개의 이름은 단 하나, 먼데이뿐이었다.(먼데이, 영광스러워해도 돼!) 왜인지는 모르겠지만 이번에는 기억해야겠다는 생각이 들었다. 자주 교류한 개들, 그리고 산책 봉사 때 만난 도그 쉘터 개들의 사진과 이름을 매치해서 기록을 남겨두었다. 기억이 흐릿해지기 시작하면 기록을 꺼내 기억을 다시 저장한다. 다음번에 가면 보자마자 이름을 불러주고 싶다. 그럼 혹시 모르겠다. 그들 중 누군가 는 날 기억해줄지도.

이번 방문에서는 애쓰지 않아도 이름을 기억했을 개가 있다. 그의 이름은 '체리'. 몰티즈보다는 크고 스피츠보다는 작은, 황금색과 검은색 털이 오묘하게 섞인 개였다.

오전 일을 마치고 여느 때와 마찬가지로 산책 봉사를 하러 갔다. 뒷다리를 쓰지 못하는 개를 휠체어에 태우고 연결된 줄을 손에 쥐여주던 다른 날들과 달리 그날은 직원이 개를 품에 안고 나왔다. 어리둥절해하는 나에게 설명해주었다.

"애 이름은 체리예요. 체리는 휠체어를 타고 싶어 하지 않아요. 휠체어에 태우면 꼼짝도 안 해요. 잔디 쪽에 내려놓으면 알아서 잘 움직이니까, 위험한 상황에서만 안아주면 돼요."

체리를 받아드니 품에 쏙 안겼다. 3킬로그램인 우리 집 멍멍이 Y보다 컸지만 몸이 좀 마른 탓에 무게는 별 차이가 없는 것 같았다. 마비된 두 다리가 축 늘어져 있어 엉덩이를 받쳐 안았다. 몇 걸음 옮겨 풀밭에 내려놓으니 체리는 신나게 전진하기 시작했다. 전혀 쓸 수 없는 두 다리는 바닥에 끌려 따라갔고 두 손과 어깨만의 힘으로 이동하는데도 속도가 어찌나 빠르던지. 혹여나 오토바이가 지나갈까, 다른 큰 개를 만날까 걱정되어 나는 체리에게 눈을 떼지 않고 곁을 따라갔다. 체리는 열심히 움직이다 어딘가 멈추어 코를 대고 킁킁거리며 다른 개의 흔적을 확인하고, 풀을 뜯어 먹기도 하고, 잠시 고개를 들어 또다시 코를 킁킁대며 바람 내음을 맡기도 했다. 체리는 왜 휠체어를 거부했을까. 그 이유가 무엇이었든, 어딘가에 기대지 않고도 자유로운 체리의 산책을 곁에서 함께했다. 체리와 보낸 짧은 시간의 잔상이 유난히 오래 이어졌다.

한국에 돌아온 후 한동안은 "ENP 어땠어?"라고 묻는 사람들에게 코끼리보다 체리와 산책한 이야기부터 꺼냈다. 비가 내리던 어느 밤에 Y를 안고 베란다로 나가 창을 열었다. 훅 들어오는 바깥공기 냄새를 맡느라 Y는 쉴 새 없이 코를 킁킁거렸다. 그런 Y를 보고 있자니 ENP 개들이 생각났다. 늘 손이 부족해 산책을 짧게 하는 날이 많았는데, 오늘은 다들 산책을 충분히 즐겼을까. Y를 안고 체리 이야기를 주절주절 늘어놓았다. 내 이야기가 지겨웠는지 Y는 눈을 질끈 감아버렸지만.

　작은 존재가 주는 감동이 시간이 갈수록 커진다. 장애를 가진 개의 의지, 단순히 이런 것을 말하고 싶은 건 아닌 것 같다. 표현하기는 어렵지만, 체리와 함께했던 그 순간이 그저 영롱했다. 날씨도, 그곳의 풍경도, 체리도, 내 마음도. 체리를 떠올리며 글을 쓰는 이 순간, 코끝 찡하게 보고 싶다.

이름처럼 눈부신 스노우

휠체어를 타지 않는 체리

초원 위의 롯지 같은 마사지숍

받아라, 내 꾹꾹이

    ENP의 변화 중 유일하게 아쉬운 것은 플랫폼의 고양이들이 캣 킹덤으로 이사한 것이다. 영역 동물의 특성상 따로 마련된 전용 공간에서 지내며 돌봄을 받는 게 더 좋을 테고, 팬데믹 기간 동안 기하급수적으로 늘어난 고양이를 플랫폼에 그냥 풀어두는 게 위험하기도 했다는 건 알겠다. 분명 고양이들에게 더 나은 변화라는 것도 말이다.

    처음 ENP에 왔을 때 코끼리만큼이나 내 마음을 사로잡은 건 어디에서나 만날 수 있는 고양이들이었다. 나란히 누워 곤히 잠든 고양이와 개, 플랫폼 어딘가에 자리 잡고 앉으면 무릎 위로 뛰어올라 품에 안기는 고양이, 방으로 들어오고 싶다고 냥냥거리는 빅오렌지, 손에 간식을 들고 있는 스태프를 따라 꼬리를 곧게 세우고 종종걸음을 걷는 고양이들 모습이 동화 속 장면 같았다. 그 모든 장면을 기억하는 내게는 고양이가 모두 사라져버린 ENP의 풍경은 낯설고 아쉽기만 하다. 역시, 고양이가 없는 세상은 무언가 빠진 느낌이다.

고양이가 주인공인 이 동화는 어느 저녁, 플랫폼 2층의 마사지 공간에서도 펼쳐졌다. ENP의 마사지 공간은 지붕은 있지만 사방이 뻥 뚫려 있다. 아주 커다란 2층 오두막을 상상하면 비슷할 듯하다. 근처 마을에 사는 여성들이 마사지사로 일한다. 로컬을 기반으로 주민들과 함께 이곳을 꾸려나가고자 하는 ENP의 지향을 확인할 수 있는 곳이기도 하다. 치앙마이에서 받는 마사지보다 비용은 저렴하지만 시원함과 개운함은 못지않게 짱짱하다.

저녁을 먹은 후 나는 다리 마사지를 받고 있었다. 마사지 공간이 자기 영역인 고양이 한 마리가 조금 떨어진 곳에 자리를 잡고 있었다. 돌이켜보면 나를 바라보는 고양이의 눈빛이 예사롭지 않았다. 잠시 후, 누워 있는 내 배 위로 고양이가 슬그머니 올라왔다. 그리고 꾹꾹이를 하기 시작했다.

꾹꾹 꾹꾹.

처음에는 그저 귀엽고 당황스러워서 웃음이 났는데, 고양이는 쉬지 않고 정확히 배꼽 주변 소장 위치를 규칙적인 박자로 꾹꾹 누르는데, 심지어 시원하지 뭔가. 주변에 있던 사람들이 하나둘 이 모습을 보고 웃음을 터뜨리더니, 급기야 사진을 찍기 시작했다. 같은 작업팀이었던 다른 봉사자가 나에게 다가와 사진을 찍어주겠단다.

"휴대폰 주세요. 이거 찍어야 해요. 내가 찍어줄게요."

고맙게도 기념사진을 잔뜩 남겨주었다.

고양이는 마사지를 멈출 생각이 없어 보였다. 결국은 강제로 끌어내릴 수밖에 없었는데 그때 그 불만스러운 표정이라니. 이렇게 사랑스러울 수가 있나. 무릇 고양이라는 존재가 아무에게나 꾹꾹이를 해주지는 않으니, 간택받은 나에게는 꽤 영광스러운 순간이었다. 물리적인 마사지 때문인지, 고양이의 사랑에 기분이 좋아진 탓인지, 한껏 피곤했던 기운이 스르르 풀리고 깊게 잠이 든 밤이었다.

다음 날 이른 아침, 잠이 덜 깬 채 멍한 눈으로 음식을 떠와서 앉은 내 곁에 어젯밤 그 고양이가 다가왔다. 테이블 위로 가볍게 뛰어올라 나의 밥그릇 옆에 고요하게 자리를 잡고 앉더니 밥 먹는 내내 동반자가 되어주었다. 내가 꽤 마음에 든 모양이다. 나도 네가 너무 좋았어.

고양이가 주인공인 동화는 끝이 났지만, 이곳에서는 다양한 이야기가 여전히 펼쳐지고 있다. 코끼리가, 개들이, 물소가, 마훗이, 새들이, 또 누군가가 주인공인 이야기들, 누구나 주인공일 수 있는 이야기들.

강렬한 추억이 깃든 공간임에도 세 번째 ENP에서는 목요일이 되어서야 처음 마사지를 받으러 가게 되었다. 일행과 함께 의자에 나란히 앉아 다리 마사지를 받는데, 마사지를 해주시는 두 분이 너무도 재미있게 대화를 나누신다. 저 티키타카의 내용이 너무도 궁금하다. 이럴 때마다 태국어를 공부해야겠다는 생각을(생각만) 한다.

마사지를 마치고 챙겨온 약과를 꺼냈다. 그리고 번역기에 하고 싶은 말을 입력했다.

'쌀로 만든 한국 전통 간식인데 한번 드셔보세요. 마사지 너무 시원해요. 고맙습니다.'

휴대폰을 가까이 가져가 소리 버튼을 누르려고 하는데 아주머니께서 손사래를 치신다. 글자를 읽을 줄 모르신다는 손짓이었다. 괜스레 마음이 상하셨을까 싶어 나는 다급하게 한국말로 "아니 아니, 이거 소리가 나와요!"라고 말하며 플레이 버튼을 눌렀다. 휴대폰에서 유창한 태국어가 흘러나오고 아주머니 표정이 환해지셨다. 이럴 땐 번역기가 정말로 보물 같다.

　다음 날 2층에 올라온 나를 보시고는 마사지 받으러 오라며 활짝 웃으셨는데 ENP를 나올 때까지 결국 한 번 더 가지는 못했다.

　다음에 갈 때는 약과 들고 매일 마사지 받으러 갈게요.

　번역기의 힘을 빌려 더 많은 이야기를 나누어보고 싶다. 다음에 만나면 꼭 물어봐야지. 고양이한테 마사지 받은 날 기억 하냐고.

플랫폼 2층의 마사지 공간

스카이워크는 코끼리들이 인간들로부터 최대한 벗어나 자유롭게 생활할 수 있도록 만들어졌다.

적당한 거리

얼마 전 오랜 친구에게 생일 선물로 책 한 권을 받았다. 인상적인 책 표지에 마음을 빼앗겨 그 책을 손에 들고 한참을 바라보았다. 퓨마의 얼굴이 클로즈업된 사진이 표지를 꽉 채우고 있다. 특히 퓨마의 투명한 눈이 압도적이었다. 나를 바라보는 게 아니라는 것을 알면서도 마치 그와 눈을 맞추고 있는 것 같은 기분이 자꾸만 드는 건 어쩔 수가 없었다. 사진일 뿐인데도 그 눈 맞춤은 묘한 감정을 불러일으켰다.

나를 포함해 많은 이들이 야생동물과 나누는 이런 순간들을 꿈꾼다. 친밀한 스킨십, 깊은 눈 맞춤, 미묘한 감정 교류가 이루어지는 순간들 말이다. 이런 바람은 다른 생명과 서로의 온기를 나누는 관계를 맺고 싶은 본능적 욕망일 수 있을 것이다. 또 한편으로는 동화나 영화 속에서(가끔은 현실에서도) 아름답고 의미 있는 장면으로 회자하는 그런 순간의 특별함과 신비로움을 경험해보고 싶은 갈망일지도 모르겠다. 그리고 야생동물이 사라진 인간 사회에서는 일종의 동물원 같은 형태의 장소들이 그런 경험을 제공하는 공간이 되어왔다. 이제 우리나라 공영 동물원에서는 동물을 만지거나 먹이를 주는 체험 활동이 모두 사라졌다. 하지만 사설 동물원이나 실내 동물원에서는 여전히 이루어지고 있다.

치앙마이 시내에 있는 여행사들은 코끼리를 볼 수 있는 공간으로 여행자들을 끌어들이기 위해 수많은 브로슈어를 진열해놓았다. 과거와 달라진 점은, 많은 업체들이 '코끼리 타기 없음'No riding을 전면에 내세운다는 것이다. 태국 북부의 대표 여행지인 치앙마이, 그곳의 대표 여행 상품이었던 코끼리 라이딩이 지금은 오히려 반대의 언어로 사람들을 끌어들이게 되었다는 점은 긍정적인 변화임이 틀림없다. 예전에 비해 비인간 동물과 우리의 관계에 대해 새로운 인식이 확산된 것만은 분명하다.

하지만 여전히 많은 이들은 코끼리를 멀리서 바라보기보다는 바로 곁에서 긴 코를 쓰다듬거나, 마치 미소 짓는 듯한 표정을 짓는 이 거대한 존재와의 순간을 포착한 사진을 갖고 싶어 한다. 그러니 '노 라이딩'을 전면에 내세우고 '코끼리 생추어리', '코끼리 안식처' 등으로 이름 붙인 곳이 실제 어떻게 운영되는지를 알아차리기는 쉽지 않다. 렉의 이야기에 따르면, 한 명의 소유주가 공간을 나누어 한쪽은 코끼리 라이딩 캠프로, 다른 한쪽은 코끼리 생추어리처럼 운영하는 경우도 있다고 한다.

ENP는 당연히 코끼리와의 스킨십을 기대할 수 있는 곳이 아니다. 가끔은 코디네이터와 함께 수박을 들고 가서 코에 직접 건네주기도 하고, 혹여나 코끼리가 우리에게 먼저 다가와 코를 내밀어준다면 운 좋게 코끼리의 피붓결을 느껴볼 수도 있다.

하지만 인간 동물에 의해 가족과의 삶, 원하는 곳으로의 이동, 먹고 싶을 때 먹고 자고 싶을 때 자는 것과 같은 기본적인 자유와 권리를 박탈당한 후 끊임없이 사람들을 태우고 손길을 받아내고 무거운 나무를 끌고 공 위에 올라서서 균형을 잡아야 하는 그런 삶에서 겨우 벗어난 코끼리들에게 더 이상 그런 삶을 살지 않아도 된다고 알려주는 것이 바로 코끼리와 나 사이의 '거리'가 아닐까 싶다. 그 물리적 거리를 통해 코끼리는 자유와 존중을 느끼면서 사람에 대한 신뢰를 회복해가는 것인지 모르겠다.

지금보다 동물에 대한 인식과 태도가 훨씬 열악했던 몇십 년 전부터 코끼리들의 권리에 목소리를 높였던 렉은 펀딩을 통해 자금을 마련하고 땅을 구입하여 지금의 ENP를 만들었다. 최선을 다해 노력하지만 야생에서 코끼리들이 이동하는 거리와 행동 특성 등을 고려하면 여전히 이곳 또한 코끼리들에게 완벽한 공간은 되어주지 못한다. 하지만 야생으로 돌아갈 수 없는 장애를 가진 코끼리들이 대부분인 이곳에서 안전, 영양, 치료 등의 돌봄과 코끼리 사이의 유대, 사람들과 맺는 긍정적인 관계는 다른 어느 곳에서도 쉽게 주어지지 않는 것이기에 사람들은 이곳을 주저 없이 '생추어리'sanctuary라고 부른다.

ENP의 메인 필드에는 '스카이워크'라고 불리는, 지면보다 높게 지어진 데크 공간이 있다. 그리고 그곳을 벗어나 ENP를 둘러싸고 흐르는 강물의 방향을 거슬러 10분 정도 걸어가면 캄라 무리가 낮 동안 지내는 곳에 진짜 '스카이워크'가 있다. 봉사 일정 중에 꼭 한 번은 이곳을 방문하도록 되어 있다.

코디네이터의 안내를 따라 스카이워크를 향해 걷는다. 강을 따라가다 캣 킹덤 쪽으로 꺾어 마을길로 들어서고, 펜스 안쪽으로 보이는 고양이들에게 잠시 정신을 빼앗긴다. 이제 슬슬 이동하자고 눈치 주던 코디네이터가 출발한 뒤에도 고양이를 떠나지 못하다가 마지막 일행과 거리가 벌어진 후에야 후다닥 따라나선다.

얕은 오르막을 오르면 스카이워크로 이어지는 계단이 시작된다. 계단을 오르니 초원 반 숲 반으로 이루어진 탁 트인 공간이 눈에 들어오고 반대편으로는 강이 내려다보인다. 우리는 목소리를 낮추고 지면보다 3~4미터 높게 지어진 덱길을 따라 걸으며 물소와 코끼리들의 시간을 바라본다. 최후의 만찬에 나오는 식탁처럼 길게 만들어진 먹이통에 양측으로 마주 보고 질서정연하게 서서 식사 중인 물소들의 모습이 먼저 내려다보인다.

덱길을 따라 조금 더 이동하자 캄라 무리 코끼리들이 보이기 시작한다. 나무가 우거진 숲 쪽에 물소들과 어울려 있다. 물론 가끔 개들도 뛰어다닌다. 강이 내려다보이는 산을 깎아 만든 이곳은 초원과 숲의 느낌이 적당히 뒤섞여 있다. 핸즈 오프 프로젝트Hands off project라는 이름으로 코끼리들이 지내는 공간인 이곳, 스카이워크는 ENP가 궁극적으로 지향하는 방식에 가깝다.

예전에 비해 점점 더 많은 사람들이 ENP를 방문하면서 낮 동안 ENP는 꽤나 북적거린다. 그리고 하루 투어로 방문하는 이들은 필드를 돌면서 코끼리들의 이야기를 듣기 때문에 꽤 근거리에서 코끼리들을 만난다. 원치 않아도 코끼리들은 사람들의 움직임과 소리에 노출되고 상호작용을 하고 영향을 받는다. 아직은 ENP의 많은 코끼리들이 메인 필드에서 그렇게 지내고 있다. 그런데 머지않은 미래에는 스카이워크의 캄라 무리가 그렇듯 사람들은 코끼리와 충분한 거리를 두고 보다 자유로워진 그들이 야생의 삶에서와 가까운 자연스러운 행동을 하는 모습을 지켜보게 될 것 같다. 마훗 외에 다른 사람들이 없는 공간에 띄엄띄엄 있는 코끼리의 모습이 나는 다소 낯설게 느껴졌다. '야생'에서 살아가는 코끼리의 모습을 본 적이 없기 때문일 것이다. 코끼리와, 또는 다른 비인간 동물 누구와든 그런 방식으로 만나는 것이 자연스럽고 당연하게 여겨지는 때가 온다면, 그들의 삶이 지금보다는 나아질 거라고 기대할 수 있을까.

'안식처' 혹은 '보호구역'이라는 의미를 가진 생추어리는 동물구조센터나 보호소처럼 구조하고 치료해주지만 이들을 야생으로 돌려보내는 것을 목적으로 하지 않는다. 일반적으로 생추어리는 여러 이유로 자연의 서식지로는 돌아갈 수 없는 동물들이 필요한 돌봄을 받으며 최대한 자유롭게 여생을 보내는 공간이다.

야생에서 상처를 입고 구조되어 치료받았지만 장애가 남아 자연으로 돌아갈 수 없는 야생동물, 야생에서 포획되거나

ENP 플랫폼과 이어져 있는 스카이워크

혹은 그런 부모에게서 태어나 동물원에 살던 전시 동물, 애초에 식량과 상품으로 개량되어 야생이 무엇인지도 모르는 농장 동물, 실험실에서 태어나고 실험실에서 삶을 마감하는 실험 동물, 그밖에 인간의 이익이나 유희를 위해 동원된 수많은 동물이 우리 주변에는 끝도 없이 존재한다.

사실 그들 모두는 과거 어느 시기에는, 혹은 어느 세대에서는 야생동물이었다. 그러나 지금은 인간에게 야생의 삶을 빼앗긴 채 매일 죽음을 향해 살아가고 있다. 결국 우리가 야생동물, 전시 동물, 실험 동물, 농장 동물, 반려 동물 등으로 나눈 분류는 그들의 삶의 방식, 그리고 죽음의 시기와 방법을 우리 기준으로 정해놓은 것이나 다름없다. 첫 단추부터 잘못된 끼워진 이 얽힘을 풀어내는 방법은 결국 우리가 찾아야 한다. 생추어리는 그중 하나이다.

우리나라에도 생추어리가 있다. 농장 출신의 돼지 새벽이와 실험실 출신의 돼지 잔디가 지내는 '새벽이 생추어리'는 2019년 아기 돼지 새벽이를 공개 구조하면서 시작되었다. 그리고 돼지, 염소, 칠면조 등 다양한 농장 동물이 지내는 '팜 생추어리', 홀스타인 다섯 소가 지내는 강원도의 '달 뜨

는 보금자리', 퇴역한 경주마들이 사는 제주의 '곶자왈 말구
조센터 생추어리'도 있다. 또 철창에 갇혀 살았던 농장의 사
육 곰들을 위한 생추어리도 화천에 있다.

　우리나라에는 아직 생추어리라는 개념이 일반적으로 자
리 잡지 않았음에도 꽤 다양한 동물들을 품고 있는 생추어
리가 있음을 확인하는 것은, 다른 의미로는 우리가 소, 돼지,
닭으로 대표되는 농장 동물 외에도 얼마나 많은 동물을 이
용하고 착취하며 살아가는지를 깨닫게 해준다. Y에게 종종
사주던 말고기 육포가 퇴역한 경주마들이 도축되어 만들어
졌다는 것을 언젠가 알게 되었다. 그때부터는 그 간식을 살
수가 없었다. 인간을 위해 달리고 달리다 다치거나 은퇴한
이후의 삶이 기껏해야 도축이라는 사실이, 그렇게 만들어진
고기를 내가 사랑하는 동물에게 먹인다는 사실이 앞뒤가 맞
지 않는다는 생각이 들었다. 그럼에도 설명하기 어려운 모순
은 존재하지만, 조금이라도 줄이고 싶었다. 달라진 건 나의
인식뿐이었지만, 무엇이 어떻게 연결되어 있는지 '알게 되는
것'은 내 생각과 선택을 다르게 만들어주는데 부족하지 않
았다.

동물을 볼 수 있는 곳에서는 여전히 '교감'이라는 단어가 흔히 쓰인다. 그렇지만 교감은 한 방향이 아니다. 내가 누군가를 안을 때 그도 나를 안아주는 느낌, 내가 누군가를 바라볼 때 그도 같은 마음으로 나를 바라보는 듯한 느낌을 받을 때 그제야 우리는 교감이라는 단어를 사용할 수 있다. 실내 동물원에 있는 알파카의 목을 끌어안으면서, 내 손에 날아올라와 먹이를 쪼아 먹는 새를 보면서, 작은 토끼를 내 품에 끌어안으면서 신기하다, 귀엽다, 따뜻하다고 말하는 것이 교감일 수는 없다. 시간과 노력과 마음을 들이지 않고 누군가와, 어떤 존재와 그리 가까워지기를 바라는 것은 얼마나 이기적인 마음인가. 진짜 '교감'은 아주 먼 거리에서도 눈빛으로 서로를 담을 수 있는 것이라는 생각을, 나는 이곳에서 참 많이 했던 것 같다. 사람들을 만나고, 개들을 만나고, 코끼리들을 만나면서.

ENP의 지향점,
핸즈 오프 프로젝트

칠흑 같은 밤의 ENP

밤의 ENP를
채우는 것들

강줄기를 따라 캄라 무리가 스카이워크에서 돌아올 즈음이면 해가 길게 늘어지면서 파스텔톤의 색감이 ENP를 뒤덮는다. 몽환적인 색의 마술은 곧 모든 것의 경계선을 흐트러뜨리고, 곧이어 빛이 완전히 사라지고 긴 밤이 시작된다. 매일 같은 자리, 같은 시간에 바라보아도 단 한 순간도 같은 풍경인 적이 없다. 때로는 화사하고 때로는 차분하고 때로는 말할 수 없이 오묘했다. 그리고 그 끝은 언제나 칠흑 같은 밤으로 이어진다.

나는 까만 밤에 일찍 잠드는 것이 왠지 아쉬웠다. 밤을 사랑하는 내게 밤의 풍경, 밤의 소리, 밤의 공기, 이 모든 것은 하루 끝에 주어지는 선물과도 같아 매일 밤 조용히 숙소 밖으로 나왔다. 뜨거운 낮과 달리 ENP의 밤은 늦가을과 초겨울 사이만큼 쌀쌀해서 도톰한 옷을 걸쳐야 한다.

고요함 속에서 흙바닥을 밟는 내 발소리만 메아리처럼 들려온다. 몇 걸음 걸어 나와 고개를 올린다. 진한 어둠과 희미한 가로등 불빛 사이에서 잠시 내 눈이 조리개를 맞추고 나면 하늘 가득한 별이 보인다.

플랫폼 2층과 연결된 스카이워크에 가면 빛은 더욱 차단되고 하늘은 더 넓어진다. 의자를 끌어다 강 쪽을 향해 잔뜩 엉덩이를 빼고 앉아 반쯤 누운 상태가 되어 하늘을 마주한다. 별과 은하수가 보인다. 건너편 마을에서는 매일 밤 누군가가 기타를 치며 부르는 노래가 마치 오래된 라디오에서 나오는 소리처럼 아련하게 강을 건너 들려왔다.

ENP에 머무는 일주일 동안 달이 보이지 않았다. 그믐에서 삭으로 넘어가는 기간이었다. 그래서인지 그 언제보다 많고 많은 작은 빛들이 반짝거렸다. 매일 밤 그렇게 별을 보아도 나는 늘 아쉬웠다.

사람들이 잠든 밤에도 시간은 멈추지 않았다. 긴 잠을 자지 않는 코끼리들은 낮은 소리로 으르렁거리며 옆방 친구와 속삭이고, 캣 킹덤의 고양이들은 어둠 속에서도 우아한 몸짓으로 걸음을 옮기며 눈을 반짝인다. 밤잠을 잊은 개들은 몸을 부대끼며 놀다가 낯선 소리에 몸을 곧게 세우고 왕왕 소리친다. 개들이 단체로 짖는 소리에 종종 잠에서 깨지만 곧 고요가 찾아오고 나는 다시금 깊은 잠에 빠져들었다.

졸린 눈으로 아침밥을 먹으러 가는 길, 개들의 잠자리에서는 밤새 어디선가 물고 온 과자 봉지가 하나씩 발견되었다. 어둠 속에서 자유롭게 뽈뽈뽈 돌아다니다가 단짠단짠의 풍미가 남아 있는 과자 봉지를 구해 신나게 물고 왔을 그 모습과 표정은 상상하는 것만으로도 재미있었다. 또 무얼 했을까. 홀로 지내는 나이 든 물소에게 가서 인사라도 건네고 왔을까. 자신들과 달리 한정된 공간에서 지내는, 밤잠을 설치는 돼지에게 가서 약이라도 올리고 왔을까. 어둠 속에서 눈을 반짝이고 있는 캣 킹덤의 고양이와 눈싸움이라도 하고 왔을까. 비록 과자 봉지 때문에 범죄 사실을 완전히 숨기지는 못했지만 그 외의 모든 것은 영원히 그날 밤의 비밀로 봉인되었다. 주인이 잠든 사이 비밀스럽게 행동을 개시하는 「토이 스토리」의 장난감들처럼, 사람들이 잠든 밤 신나게 ENP 곳곳을 활보하고 자신들만의 세상을 누렸을 그 장면이 동화처럼 느껴졌다. 그곳의 밤은 그렇게 채워졌다.

낮 동안 부지런히 움직였는데도 밤만 되면 정신이 말똥해져서 쉬이 잠들지 못한 나는 침대에 누워 눈알만 데굴거리며 그날 하루를 복기했다. 아기 코끼리가 짧은 다리로 타이어를 통통 차던 모습, 캣 킹덤에서 만난 고양이가 나를 바라보던 알 수 없는 눈빛, 동에 번쩍 서에 번쩍하는 먼데이가 아침마다 입고 나타나는 패딩은 누가 입혀주는 것인지에 대한 궁금함, 나른한 오후를 함께한 커피 한잔과 책의 한 구절, 스카이워크에서 돌아오는 캄라 무리의 웅장한 모습, 아침 새소리와 저녁노을, 저녁밥을 먹으며 일행과 도란도란 나눈 이야기, 한국에 있는 가족과 나눈 안부 이런 것들을 떠올리면 마음이 몽글몽글해졌다.

두서없이 하루를 돌아보는 생각의 끝은 언제나 고마움이었다. 오늘 하루 나를 미소 짓게 한 장면과 그 속의 생명들에 대한. 그리고 마음의 큰 동요나 고통 없이 모두가 평온하게 잠들 수 있는 오늘과 이 순간에 대한. 이 안온의 순간을 누릴 수 있다면 특별함은 필요치 않을 것 같았다. 행복이 무엇인지 늘 답을 찾아 헤매지만, 적어도 이 순간만큼은 행복이 지금 바로 여기 내 안에 있었다.

몽환적인 저녁노을

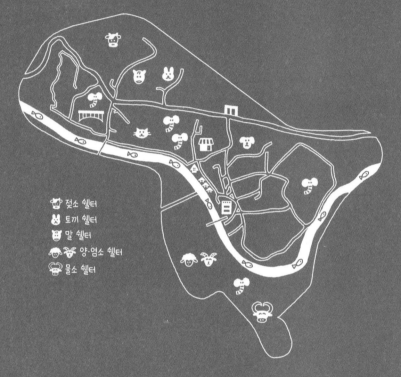

젖소 쉘터
토끼 쉘터
말 쉘터
양·염소 쉘터
물소 쉘터

코끼리를 묶어 두었던 과거의 흔적

촉차이 라이딩 캠프의
코끼리들

2023년 1월, 두 번째 ENP에 왔을 때 자원봉사 일정표에 '촉차이'^{Chokchai} 방문이 있었다. 2020년에 왔을 때는 보지 못했던 활동이라 촉차이는 어디며 무엇을 하는 곳인지 궁금했다.

촉차이는 코끼리 라이딩 캠프다. 아니, 라이딩 캠프였다. 팬데믹 기간에 태국의 관광산업은 위축될 수밖에 없었고, 코끼리를 '이용'하여 관광객에게 돈을 벌어온 많은 이들이 경제적 어려움에 처했다. 여러 마리의 코끼리를 먹이는 데 드는 비용과 코끼리를 돌보는 노동을 감당할 수가 없었다. 이런 이유로 팬데믹 시기에 태국 전역에서 수많은 코끼리들이 학대나 배고픔 등의 위험에 놓였다. ENP로 구조되어 오는 코끼리들도 급증할 수밖에 없었다. 2020년에 80마리 정도의 코끼리가 있었는데 2023년에는 117마리의 코끼리가 ENP에서 지내고 있었고 2024년 방문 때에는 122마리였으니 2년 남짓한 시간 동안 한꺼번에 코끼리의 수가 얼마나 많아졌는지 알 수 있다.

촉차이도 그중 하나였다. 촉차이는 ENP에서 멀지 않은 곳에 있는 라이딩 캠프였는데, 역시나 팬데믹으로 경제적 어려움을 겪을 수밖에 없었다. 렉은 항상 태국 곳곳에 있는 라이딩 캠프나 서커스 등을 찾아다니며 그들을 설득하기 위해 애쓰지만 결코 쉽지 않은 일일 것이다. 대부분의 사람들은 코끼리의 고통이나 지속 가능한 방식의 사업 운영을 이야기하는 렉에게 적대적이거나 공격적이었고, 혹은 코끼리를 대가로 엄청난 돈을 요구할 뿐이었다.

어쩌면 그런 면에서 팬데믹은 '기회'가 되었을지 모른다. 당장 코끼리들에게 먹일 음식조차 마련할 수 없었던 촉차이 캠프에 지속적으로 음식을 지원하고 필요한 도움을 주기 시작했다. 처음엔 어쩔 수 없이 도움을 받았던 촉차이 캠프 운영자도 시간이 지나면서 서서히 마음을 열었다. 그리고 이제 촉차이 캠프에서는 더 이상 코끼리들을 쇠사슬로 묶어놓지 않는다. 사람을 태우는 일도 시키지 않기로 했고, 시멘트 바닥에 쇠사슬로 다리가 묶인 채 그저 바라보아야만 했던 넓은 공간으로 그들을 풀어주었다. 대신, 그곳을 찾은 사람들이 자유롭게 지내는 코끼리들을 볼 수 있도록 했고, 관련 프로그램을 개발하는 등 새로운 운영 방법을 모색하고 있다.

촉차이를 방문하기 전 코디네이터들의 당부가 있었다. ENP에 자원봉사를 하러 온 우리에게는 그곳이 여전히 코끼리들에게 매우 열악해 보일 것이고, 코끼리들의 상태도 나빠 보일 수 있을 테지만 그 또한 '과정'으로 생각해달라고 했다. 모든 것이 처음부터 완벽할 수는 없으니 혹시 마음 아프거나 화가 나더라도 양해해달라며, 조심스러운 마음을 전했다. 그곳에서 지내는 코끼리들, 그곳에서 일하는 사람들은 조금씩 더 좋아지고 있으니 응원해달라고.

코끼리들에게 줄 과일과 채소를 가득 싣고 트럭 뒤에 실려 촉차이 캠프로 향했다. 코끼리들이 햇살 아래 자유롭게 서 있는 모습이 보였다. 아기 코끼리와 엄마 코끼리의 모습도 보였다. 더 이상 라이딩을 하지 않아도 되니, 이곳의 아기 코끼리는 파잔을 겪지 않아도 될 것이다. 지금 이곳의 코끼리들에게 '행복'이라는 단어를 쓸 수 있을지는 모르겠지만, 불과 2~3년 전만 해도 코끼리들은 이렇게 살아갈 수 있을 거라고는 상상조차 못 했겠지. 그리고 이곳에서 일하는 사람

들 마음은 또 어떨까. 늘 손에 쥐던 불훅을 내려놓고 학대로
부터 자유로워진 자신의 손과 코끼리들을 보면서.

금요일 저녁, 렉이 자원봉사자들에게 말했다.
"나는 사랑을 믿어요."My religion is Love.
그리고 덧붙였다.
"동물은 사랑하지만 사람들은 싫다고 말해서는 안 됩니
다. 이 모든 것을 해결할 수 있는 건 사람이고, 사람을 움직
이고 정치에서도 힘을 발휘할 수 있는 건 결국 사랑입니다."
다른 모든 일도 마찬가지라고 생각한다. 개고기 먹는 것
을 반대한다고 해서, 개 농장을 운영하는 이들과 개고기를
먹는 사람들을 미워하고 공격해서는 아무것도 해결되지 않
는다. 그리고 무엇보다 개 농장을 운영하고 개고기가 유통
되는 걸 그들만의 책임으로 돌릴 수는 없다. 아니, 그들의 책
임이 아니다. 실내 동물원을 반대한다고 해서 그곳을 운영
하거나 그곳에 방문하는 이들이 나쁘다고 말할 수 없으며,
육식을 반대한다고 해서 돼지 농장을 운영하거나 도축장에
서 소를 죽이는 이들을 공격하는 것은 아무런 도움이 되지
않는다.

현재의 세상을 만들어왔고 유지하는 것은 우리 모두의 책임이고 어떤 방식으로든 우리는 그 시스템에 동참하고 있다. 침묵과 외면은 가장 쉬운 방법이다. 나의 선택을 합리화하거나 혹은 내가 동참하고 있다는 것을 인식조차 못하기도 한다. 다행인 건, 앞으로의 세상을 만들어가는 것 또한 우리라는 점이다. 각자의 자리에서, 각자의 방식으로, 지속 가능하고 정의로운 방향을 향하는 무언가를 꾸준히 하면 된다고 믿는다. 때로는 즐길 수 있을 정도로 일상에서 소소한 실천을 하고, 때로는 불같이 치솟는 분노를 담고 거리로 나올 수도 있을 것이다. 그를 위해 가장 중요한 것은 외면하지 않는 것, 보이는 것 너머를 생각하는 것이다. 코끼리와 함께 일주일을 보내며 나에게 문신처럼 새겨진 렉의 질문처럼.

"보이는 것 너머에서 어떤 일이 벌어지고 있을까?"What is behind the scene?

진실을 마주한다는 것

세 번째 ENP에서 돌아온 지 얼마 되지 않았을 때였다. 출근하라는 알람 소리에 간신히 눈을 떴다. 따뜻한 이불 속에서 다시 아득해지는 정신을 붙들어 매려고 휴대폰을 집어들었다. SNS에 밤새 올라온 피드를 멍한 상태로 스크롤하다 순간 잠이 싹 달아났다. ENP에서 업데이트한 피드였다.

마음의 준비를 할 틈도 없이 내 시야에 들어온 사진에는 코끼리가 있었다. 정확히 말하자면, 코끼리 머리 하나가 있었다. 대체 어떻게 된 것인지 한참을 들여다보아야 했다. 다시 보아도 코끼리 머리만 덩그러니 있었다. 귀가 잘렸고 코가 잘렸고 상아도 잘렸다. 코끼리는 눈을 감지 않은 채였다. 너무나 비현실적이어서 오히려 제대로 인식할 수 없었던 사진 속 코끼리의 모습은 참혹했다. 스리랑카에서 사람들에게 살해당한 코끼리였다.

스리랑카에는 코끼리 4천여 마리가 야생에서 살고 있다.

야생 서식지에 사는 코끼리 수로는 인도 다음으로 많다. 아주 오래전부터 스리랑카에서는 코끼리와 사람이 함께 살아왔다. 불교 국가인 스리랑카에서 코끼리는 종교적으로 특별한 의미를 지니기도 했고, 여행자들을 불러 모으는 관광자원이기도 했다.

그러나 스리랑카 인구가 증가하고 농경지 확장과 개발 등으로 숲이 사라지면서 코끼리 서식지는 줄어들고 파편화되었다. 넓은 땅과 풍부한 양의 물, 그리고 먹거리가 많이 필요한 코끼리들은 서로 경쟁하게 되었다. 나아가 코끼리와 사람의 거주지가 겹치면서 문제가 발생했다. 코끼리가 농작물을 망가뜨려 피해를 주거나 코끼리 때문에 사람이 다치거나 죽는 일도 벌어졌다. 또 그 반대의 경우도 생기면서 '코끼리와 사람 간 갈등'HEC. Human-Elephant Conflict이 스리랑카의 사회 문제로 떠올랐다. 코끼리에게 해를 입히거나 죽이는 것은 스리랑카에서 법으로 금지되어 있지만, 코끼리에게 피해를 본 사람들이 보복성으로 코끼리를 죽이는 일이 끊임없이 벌어졌고 매해 그 건수가 증가하고 있다.

스리랑카에서는 약 4백 마리의 코끼리가, 아시아 전역에서는 약 천 마리의 코끼리가 해마다 죽임을 당하고 있다. 갈

등이 심한 지역에서는 어린 코끼리들이 하카 파타스^{hakka}

^{patas}라는 방식으로 죽임을 당하기도 한다. 하카 파타스는 재미로 갖고 노는 작은 폭발물을 말하는데, 이 폭발물을 동물들이 즐겨 먹는 과일이나 채소에 넣어놓는 것이다. 동물이 그것을 씹는 순간 폭발물이 터지면서 구강 조직이 파괴되고, 며칠에서 몇 주에 이르기까지 굶주림과 고통을 겪으며 서서히 죽음에 이르는 것이다. 호기심 많은 어린 코끼리들은 하카 파타스로 살해당하는 비율이 매우 높은 것으로 알려져 있다.

사진 속 머리만 남은 코끼리는 농작물을 망쳤다는 이유로 총격을 당해 죽은 후 머리와 귀와 코가 잘리고 강가에 버려진 것이었다.

순식간에 수많은 댓글이 달렸다. 일반적으로 SNS 피드에 잔혹하다고 여겨지는 사진이나 영상을 올릴 경우에는 첫 이미지에 경고 문구를 넣거나 이미지를 흐릿하게 처리한다. 그런데 ENP의 팔로워들은 어떠한 경고도 없이 첫 장부터 끔찍하게 죽은 코끼리의 모습을 마주해야 했다. 많은 이들의 충격과 분노가 댓글 창을 끝없이 채웠다. 살해당한 코끼리에 대해서가 아니라 이런 사진을 경고 없이 올린 것에 대하여.

이례적으로, 몇 시간 뒤 렉이 이 사태에 대한 심경을 전했다. 스리랑카를 비롯해 아시아 곳곳에서 일어나는 사람과 코끼리 간의 갈등과, 그로 인해 목숨을 잃는 코끼리에 대한 슬픔과 분노와 안타까움, 또 사진을 보고 놀란 많은 이들에 대한 유감과 사과, 코끼리를 사랑하고 그들을 위해 활동하는 사람으로서의 의무감 등 복잡한 심경이 담겨 있었다. 하지만 핵심은 명료했다. 우리가 코끼리를 진정으로 돕기를 원한다면 진실을 알아야 한다는 것이었다.

"코끼리를 사랑하고 돕고 싶다면 진실을 알아야만 합니다. 아름다운 이미지만 보면서 아무렇지 않은 척할 수는 없잖아요."

코끼리에 대한 것만은 아닐 것이다. 불편한 진실을 직면하려면 용기가 필요하다. 직면의 순간 괴로울 수도, 한참 동안 마음이 불편할 수도, 이전에는 당연했던 선택 앞에서 고민하게 될 수도 있다. 진실을 마주한다는 건 감정의 동요와 인식의 균열을 일으키는 일이다. 지금껏 자연스럽고 당연하다 여겨 의문을 제기하지 않았던 것에 질문을 던지거나, 혹은 인식조차 못했던 것을 알게 되는 것은 어떤 방식으로든 삶을 흔들어놓는다. 한 사람의 몇 분을, 몇 시간을, 하루를, 몇 달을, 어쩌면 그의 일상과 삶 자체를 이전과 다르게 바꿀지도 모른다. 그것이 예기치 않은 순간에 다가온다는 것은 두려운 일이다. 그래서 우리 모두는 진실을 직면하는 것이 어렵다. 하지만 설명이나 묘사로 무언가를 상상하고 인식하는 것과, 그것을 나의 감각으로 직접 경험하는 것은 전혀 다른 차원의 이야기다. 불행히도, 이러한 모습의 실재는 언제나 상상을 뛰어넘는 것 같다.

20대 초반, 여행 중 만났던 한 스위스인은 채식주의자였다. 소의 이마 한가운데를 총으로 쏘아 도살하는 영상을 본 후로 고기를 먹지 않게 되었다고 한다. 그의 이야기를 들으면서 상상해보았다. 소의 이마에 총부리가 겨누어진 순간, 소의 큰 눈망울과 총을 겨눈 사람의 표정과 그곳의 분위기를. 소의 눈은 슬펐고 총을 쏘려는 사람의 표정은 무감각해 보였고 그 공간은 조용하고 무거웠는데 텅 비어 있었다. 끔찍하고 잔인했지만 여전히 비현실적으로 느껴졌다. 그저 영화의 한 장면처럼.

 꽤 구체적인 상상이었음에도 불구하고 고기를 먹지 않겠다는, 혹은 먹고 싶지 않다는 생각까지 나를 이끌지는 못했다. 하지만 시간이 흐르면서 나는 이전보다 고기를 덜 먹게 되고, 동물의 털과 가죽을 사용한 제품을 구입하지 않게 되었다. 특별한 계기가 있었던 적도 있고, 그냥 자연스럽게 흘러가듯 그리된 부분도 있었다.

 비인간 동물의 학대나 착취와 이어지는 것들에 대한 소비를 많은 부분에서 줄이거나 멈추었지만 유일하게 꿈쩍하지 않는 것이 있었는데, 바로 우유였다. 빵, 크림파스타, 커피, 버터, 치즈와 같은 것들이 모두 우유와 이어져 있었고, 유제품을 소비하지 않는 삶이 내게는 가장 어려운 부분이었다. 내가 어딘가에 정체되어 있고, 낙농업의 실상을 알면서도 외면하고 있다는 것을 다시금 깨달았다. 이제는 더 이상 우유를 소비하지 말아야겠다는 결심이 섰고 직접 영상을 검색했고 재생 버튼을 눌렀다. 여러 번의 출산과 셀 수 없이 많은 착유를 당한 한 마리의 홀스타인이 주저앉았고, 버둥거리며 일어나려고 애썼지만 그럴 수 없었다. 그 소는 그대로 도축장으로 향했고 고기와 가죽이 되어 세상으로 나왔다. 그리고 나는 그 순간부터 유제품을 소비하지 않게 되었다.

상상이라는 건 내가 아는 만큼만 가능할지도 모르겠다. 진실을 알게 된 내가 받을 충격과 혼란이, 그 실재하는 세계에서 고통스러운 삶을 이어가고 죽어가는 존재의 가치보다 중요할 리 없다. 사진 속 코끼리의 머리는 충격적이고 잔인한 이미지가 아니라, 코끼리가 처한 현실이고 우리가 코끼리를 대하는 방식을 보여주는 진실일 뿐이다. 지금도 여전히 내가 모르거나, 혹은 희미하게 알면서도 외면하고 있는 진실이 도처에 숨어 있고 나는 용기가 부족하다. 용기가 사그라들면 용기를 내고, 또 사그라들면 또 용기를 내고 싶다. 내 눈앞의 진실에 대해 고개를 돌려 외면하거나 눈을 질끈 감아 마치 없는 일인 것처럼 살아가지 않을 용기를.

캄라와 눈빛을 마주한 순간

묵직한 발 아래, 각자의 취향을
보여주는 식사의 흔적

코끼리의 긴 코끝, 한 개의 손가락 ©stella.L

세상에서 유일하게
무해하고 거대한 존재

　두 번째로 ENP에 갈 때 오랜 친구가 동행했다. 훨씬 이전부터 함께 가기를 제안했을 때는 대답이 없던 친구가 여행 날짜가 가까워진 어느 날에 늦은 답을 주었다.

　"나도 갈게."

　"응? 별다른 말이 없어서 갈 생각이 없는 줄 알았어."

　그리고 돌아온 의외의 대답.

　"코끼리가 너무 커서 사실 좀 무서워."

　나는 '뭐지, 이 녀석. 키가 180이 넘으면서'라고 속으로 생각하며 웃음을 터뜨렸다.

　"아니야. 생각만큼 그렇게 크지는 않더라고."

　그렇게 진실도 거짓도 아닌 말을 친구에게 전했다.

　ENP에서 바로 코앞을 지나가는 코끼리를 처음 만났을 때 '어엇, 생각보다 작네?'라고 중얼거렸던 것 같다. 물론 크지만 '생각했던 것보다' 코끼리는 작았다. 커다란 통나무를 운반하거나 몸집 큰 성인을 등에 태우기에는 연약해 보일 정도로. 어쩌면 그래서 마음이 더 무거웠는지 모르겠다. 코끼리가 정말로 거대했다면, 그랬다면 마음이 조금은 덜 무거웠을까.

ENP에서 만나는 아시아코끼리는 실제로 아프리카코끼리에 비하면 몸집이 작다. 육지에 사는 포유류 중 가장 큰 동물은 아프리카코끼리 수컷으로, 키(바닥에서 어깨까지)는 최대 4미터, 몸무게는 약 7톤에 달한다. 그에 비하면 아시아코끼리는 키가 최대 3미터에 몸무게는 약 5톤이라고 한다. 얼마나 아담하고 조막만 한지! 실제로 아시아코끼리는 아프리카 초원을 가로지르는 코끼리에 비해 조금 더 동글동글한 느낌이 있다. 아프리카코끼리의 귀는 넓게 퍼져 어깨를 가릴 정도지만 아시아코끼리의 귀는 그에 비하면 훨씬 작고 둥글며, 다리도 짧은 편이다. 코끼리의 체온 조절에 중요한 역할을 하는 귀의 크기를 보면, 아프리카코끼리들이 햇빛과 열에 대한 노출이 더 많은 환경에서 살아왔다는 걸 알 수 있다. 우스갯소리를 더해보자면, 코끼리를 사랑하는 많은 이들은 아프리카코끼리의 귀와 아시아코끼리의 귀가 각각 아프리카 대륙과 인도의 영토 모양과 닮았다고 말하기도 한다.

현존하는 코끼리는 크게 아프리카덤불코끼리^{Loxodonta} ^{africana}, 아프리카숲코끼리^{Loxodonta cyclotis}, 아시아코끼리 ^{Elephas maximus}의 3종으로 나뉜다. 아프리카코끼리는 암컷과 수컷 모두 긴 상아를 가지고 있다. 반면, 아시아코끼리는 긴 상아는 수컷에게서만 있고 암컷은 보이지 않는 짧은 상아를 가지고 있다.

코끼리들은 기본적으로 모계 무리를 이루고, 무리에서 가장 나이 많은 코끼리의 리드로 삶을 꾸려 나간다(이들을 '가모장'이라 부른다). 리더의 나이가 많을수록 그 무리는 건기 등에 생존할 확률이 높아진다는 연구 결과도 있다. 이는 경험 많고 기억력 좋은 코끼리가 극한의 기후에도 물이 마르지 않은 장소를 기억하고 찾아가는 것과 관련이 있다고 한다. 코끼리가 얼마나 영민한 존재인지 짐작할 수 있다.

무리 내에서 새롭게 태어난 암컷 코끼리는 그 무리에 평생 속해 살아가지만 수컷은 성 성숙기가 찾아오면 무리를 떠나 홀로 지내거나 소규모의 수컷 무리에 합류하여 살아간다. 코끼리는 모계 무리를 이루고 엄마와 혈연관계인 다른 암컷 코끼리들이 함께 아기 코끼리를 공동으로 돌본다. 이에 비해 아프리카 숲 코끼리의 경우에는 무리를 이루지 않고 어미 코끼리와 새끼 코끼리만으로 가족을 이루어 살아가는 경우가 많다고 한다.

최근 연구에서는 아프리카코끼리의 사회적 구조와 아시아코끼리의 사회적 구조가 상당히 다르다는 점을 밝히기도 했다. 아시아코끼리는 아프리카코끼리에 비해 보다 유연하고 느슨한 무리를 이루어 환경에 따라 무리가 합쳐지거나 나누어지는 양상을 보인다는 것이다.

착취 현장에서 구조되어 ENP에 새롭게 들어오는 코끼리들은 시간을 갖고 천천히 기존 무리에 합류하기도 하고 새로운 무리를 이루기도 한다. 또 서로 다른 무리끼리 만나 시간을 함께 보내기도 하는데, 대부분의 코끼리가 가족과 헤어져 노동 현장에서 사회적 관계를 맺지 못한 채 살다가 ENP에 들어온다는 점을 생각하면 아시아코끼리들의 이런 유연함이 참 다행이다 싶기도 하다.

이 거대한 존재의 모습은 익숙하면서도, 볼수록 신기하기 짝이 없다. 크고 둥글둥글한 몸, 원통 같은 다리, 펄럭거리는 큰 귀, 길고 주름진 코, 길게 뻗어 부드러운 곡선을 그리는 상아, 몸집에 비해 가느다랗고 빈약한 털을 가진 꼬리. 이 모든 것이 오묘한 조합으로 코끼리의 모습을 빚어내고 있다. 트렁크trunk라 불리는 코끼리의 긴 코는 윗입술과 코가 합쳐져 진화한 것인데, 무려 250킬로그램까지 들어 올릴 정도로 엄청난 근력을 가졌다. 실제 ENP에서 코끼리들이 놀 때 타이어쯤은 코로 휙 들어서 날려버리는 것을 보며 그 힘을 짐작할 수 있었다. 심지어 아기 코끼리가!

ENP에서 아기 코끼리가 제 마음대로 되지 않는 코를 흐느적흐느적 휘두르며 뛰어다니는 모습은 말도 못하게 귀엽다. 세상 모든 근심 걱정을 날려버릴 정도였다고 할까. 마치 사람 아기가 제 손의 움직임과 힘을 잘 조절하지 못하는 모습을 떠오르게 한다.

유대 관계에 있는 다른 코끼리와의 스킨십, 의사소통, 감정 표현, 물건을 잡고 들어올리기, 물 마시기는 물론이고, 깊은 물 속에서는 스노클링의 역할까지 바로 이 코가 담당한다. 긴 코끝에는 손가락finger, trunk tip이라 불리는 돌기가 튀어나와 있는데 아프리카코끼리는 손가락이 두 개, 아시아코끼리는 한 개다. 손가락, 아니 코가락을 이용해서 코끼리는 눈을 비비기도 하고 귀를 후비기도 하고, 작은 물체를 잡는 등의 섬세한 작업을 한다. 약 15만개의 근육다발^{muscle} fascicles로 이루어진 섬세하고 예민한 이 기관은 다른 동물과 차별되는 독특한 모양새만으로도 눈길을 사로잡는다. 실제로도 지구상의 포유류가 가진 가장 민감한 기관이라고 하니 이러나저러나 코끼리의 상징이 되기에 충분하다.

생김새는 말할 것도 없고 표정까지 '평화주의자' 그 자체인 코끼리에게서 유일하게 파이팅을 엿볼 수 있는 부분은 바로 상아^{tusk, ivory}다. 실제 상아는 코끼리가 방어를 위해 사용하는 기관이기도 하고 땅을 파서 지하수를 찾거나, 나무껍질을 벗기거나, 무언가를 들어 올릴 때도 사용하는 유용한 연장이다. 많은 이들에게 상아는 장식품이나 도장 등에 사용되는 보석의 일종으로 더 익숙할 텐데, 그런 만큼 상아는 코끼리의 목숨값이 되어왔다. 순수하고 고급스러운 색깔로 여겨지는 '아이보리'가 상아를 뜻하는 단어인 '아이보리'^{ivory}에서 왔다는 점만 보아도 아주 오래전부터 사람들이 코끼리의 상아를 탐해왔다는 것을 알 수 있다.

최근의 여러 연구에 따르면, 아프리카코끼리들 중에 상아 없이 태어나는 비율이 급격하게 증가하고 코끼리들의 상아 길이가 짧아지는 추세를 확인했다고 한다. 인간이 길고 커다란 상아를 가진 코끼리들을 죽여온 것이 짧은 시간 동안의 진화를 가능케 할 정도로 대량 학살의 속도전이었음을 증명하는 듯하다. 이국적인 풍경과 냄새로 가득한 어느 전통 시장 가판대에 놓인 작은 상아 조각품 하나는 거대한 한 마리 코끼리의 온전한 숨이고 삶이었다.

생각보다 작지만, 어쨌든 인간보다 훨씬 몸집이 큰 코끼리는 사람을 해치지 않는다. 마음만 먹으면 코끼리는 발길질 한 번, 엉덩방아 한 번으로 어렵지 않게 사람을 죽일 수도 있을 텐데, 그러지 않는다. 간혹 서커스단의 코끼리가 자신을 고통스럽게 조련하는 사육사를 공격해 죽이거나, 야생 코끼리가 자기 무리를 공격하거나 밀렵을 한 마을 주민을 공격하는 일이 종종 발생한다. 또 아프리카코끼리의 경우 아기 코끼리를 지키기 위해 악어를 죽이는 사례도 있다. 그런데 오히려 그런 사건들이야말로 코끼리가 사람을 죽이지 못하는 것이 아니라 그러지 않는 것이라는 생각을 하게 만든다. 환경오염과 개발로 서식지를 빼앗기고 밀려난다 해도, 자유를 빼앗기고 감금되어 등에 관광객을 태우게 하고, 길거리에서 구걸을 하게 하고, 서커스에서 공연을 하게 하고, 커다란 나무를 끌게 하고, 쇠사슬로 발목을 묶어놓아도 그러지 않는다. 그래서 코끼리는 거대하다. 우리가 어떤 면에서든 칭송받을 만한 이를 '거인'이라고 일컫는다면, 코끼리도 그런 의미에서 더없이 거대하다. 예나 지금이나. 일찍이 영국의 시인 존 던이 코끼리를 묘사한 그대로.

코끼리, 자연의 위대한 걸작
세상에서 유일하게 무해한 거대한 존재
Nature's great masterpiece.
An elephant, the only harmless great thing.

무리를 이루어 살아가는
코끼리들

공동 육아의 현장

사랑스러운 코끼리들의 뒷모습

2분 46초짜리 관심

　동물원과 이곳 ENP 코끼리들은 겉모습만 비슷할 뿐 전혀 다른 생명체처럼 보인다. 관람객이 기대선 울타리 안쪽으로 해자^{땅을 파고 고랑을 내어 물을 채워 놓은 시설}가 있고 그 너머 콘크리트 바닥 위에 서서 몸을 흔들흔들, 고개를 좌우로 흔드는 코끼리의 모습은 동물원에서 흔히 볼 수 있다. 갇힌 동물의 스트레스 반응인 정형 행동이다. 그런데 ENP에서는 산과 하늘이 보이는 자연의 공간, 햇살 아래 서 있는 코끼리들이 귀를 펄럭거리고 꼬리를 살랑거리는 모습이 가장 먼저 눈에 들어온다. 기분이 좋다는 것인데, 특히나 아기 코끼리의 꼬리는 언제나 쉴 새 없이 허공을 휘젓고 있다. 건강하게 살이 오른 토실토실한 엉덩이와 그에 걸맞지 않게 다소 빈약해 보이는 얇은 꼬리를 살랑거리는 코끼리의 뒷모습에는 볼수록 중독되는 마력이 있다.

　동물원에서와 달리 이곳 코끼리들은 야생의 서식지와는

비교할 수 없지만 넓은 공간에서 지내면서 생태적으로, 본능적으로 필요한 행동을 자유롭게 즐긴다. 내가 그렇듯, 세상을 풍성하게 감각하며 살아간다. 그 편안하고 자연스러운 모습을 바라보면서 '나는 코끼리를 전혀 몰랐구나'라고 생각했다. 동물원의 코끼리는, 사람을 등에 태우는 코끼리는, 서커스를 하는 코끼리는, 거리에서 구걸하는 코끼리는, 코끼리가 아니었다.

남아프리카공화국 요하네스버그 동물원에는 1979년생 암컷 아프리카코끼리 라미^{Lammie}가 살고 있다. 사람들이 라미 앞에서 머문 평균 시간은 2분 46초. 절반 이상의 사람들은 잠시의 멈춤도 없이 라미의 사육장 앞을 스쳐 지나갔고 43퍼센트는 잠깐 발걸음을 멈추었으며 고작 6.6퍼센트만이 라미를 보기 위해 근처 벤치에 앉았다. 지구에서 가장 거대한 육상 동물인 코끼리가 동물원에서 매우 인기 있는 종이라는 점을 고려한다면 2분 46초라는 시간은 의아하다. 그렇다면 다른 동물들 앞에서 머무는 시간은 대체 어느 정도일까.

라미는 동물원에서 태어나 한 번도 야생을 경험한 적이 없는 코끼리다. 라미의 엄마와 아빠는 모두 아프리카 보츠와 나의 야생에서 포획되어 동물원으로 오게 되었다. 그들 사이에 태어난 첫째가 라미다. 그리고 라미 아래로 셋이 더 태어났는데, 하나는 프랑스 동물원으로 팔려가 열여섯의 나이에 죽었고 또 다른 하나도 다른 곳으로 팔려갔으나 생사를 모르며, 나머지 하나는 태어나자마자 죽음을 맞았다. 라미의 아빠 점보Jumbo는 1999년에 감염으로 죽었고 엄마 돌리Dolly는 부상으로 2000년에 안락사되었다. 그들의 나이 각각 서른일곱 살, 서른아홉 살이었다. 라미는 자신이 태어난 요하네스버그 동물원에서 킨켈Kinkel이라는 이름의 코끼리와 함께 살았는데, 그 역시 2018년 서른다섯 살 나이로 라미 곁을 떠났다. 그리고 라미는 혼자 남았다.

라미를 넓은 공간에서 다른 코끼리와 함께 지낼 수 있는 생추어리로 보내자는 목소리가 커지기 시작했다. 하지만 동물원은 라미가 한 번도 야생에서 살아본 경험이 없으며, 동물원에서 충분한 복지를 제공받고 사육사와의 유대감을 바탕으로 잘 지내고 있다고 주장하며 라미가 생추어리로 가는 것에 동의하지 않았다.

신시아 모스를 포함해 열세 명의 코끼리 연구자들은 2018년 10월부터 약 4개월에 걸쳐 라미와 라미를 방문한 관람객의 행동에 관한 정보를 분석해 요하네스버그 시장과 동물원 관리자에게 공개 서한을 보냈다. 이들에 따르면, 라미는 타이어 외에는 별다른 행동 풍부화[갇힌 동물에게 최대한 서식지와 가까운 환경을 조성해주고 새로운 자극을 통해 야생에서의 습성과 행동을 할 수 있도록 하는 프로그램] 유인 없이 사육장 벽을 바라보고 서 있는 시간이 많았고 사육사와의 상호작용도 턱없이 부족했다. 라미의 모습은 사람들에게 교육적 효과를 주기는커녕 코끼리에 대한 왜곡된 정보를 전달할 수 있었다. 또한 야생에서 코끼리들이 겪는 어려움이나 현황에 대한 어떤 정보도 방문객들에게 주지 못했다. 무엇보다 라미 앞에서 사람들이 머무는 시간은 고작 평균 2분 46초로 동물원이 주장하는 '교육적 효과'를 이야기하기엔 너무 짧은 시간이었다. 물론 코끼리는 사람과 교감하고 강한 유대관계를 맺을 수 있지만, 그 어떤 코끼리라 해도 사람과의 유대와 자유 중에 선택할 수 있다면 당연히 그들의 선택은 자유일 것이라고 연구자들은 확신에 찬 목소리로 전하고 있다.

누군가의 2분 46초와 라미의 40년 갇힌 인생이 거래될 수 있는 것일까. 혹은 동물원을 찾아오는 사람들의 2분 46초를 더하고 더해 라미의 40년을 훌쩍 뛰어넘는다면, 그럴 만한 합당한 이유로 내세울 수 있는 것일까.

우리나라 동물원에는 현재 열다섯 마리 정도의 아시아코
끼리가 있다. 많은 사람들이 여전히 동물원에서 코끼리를 보
길 기대한다. 청주 동물원 수의사인 『코끼리 없는 동물원』
의 저자는 청주 동물원에 코끼리가 없는 이유가 산에 위치
해 있는 동물원의 지리적 특성과 관리의 어려움 때문이었지
만, 이유야 어떻든 코끼리의 원서식지 기후와 다른 한국에서
살지 않게 된 것이 코끼리와 동물원에게 모두 결과적으로
잘된 일이라고 말한다. 지금이야 동물원에 대한 인식 수준이
높아지면서 다양한 생각들이 오고 가지만, 과거 코끼리들을
한국으로 불러들인 건 결국 어린 시절 부모님의 손을 잡고
동물원을 찾았고, 부모가 되어 다시 자녀의 손을 잡고 동물
원을 찾은 우리 모두이다. 코끼리, 사자, 호랑이, 기린과 같은
먼 나라의 동물을 갈망하면서.

이제 멸종위기종인 코끼리를 더 이상 한국에 들여오는 것
은 현실적으로 불가능하다. 하지만 여전히 동물원에 남아 있
는 코끼리들의 여생을 위해 우리가 할 수 있는 최선은 무엇
일까.

한때 '말하는 코끼리'로 유명했던 에버랜드의 '코식이'는 판다에 밀려 방사장^{내실에서 나와 동물원 관람시간 동안 지내는 공간}에 홀로 우두커니 서 있는 시간이 많아졌다. 동물원에 갇히고, 말하는 재주로 눈길을 끌고, 방송에 출연해 사람들의 과도한 관심 속에 놓이고, 시간이 지나 다른 인기 동물에게 밀리고 잊히고, 그렇게 인간에게 자신의 운명을 송두리째 내준 채 살아가는 그들의 모습이 고단해 보인다.

동물원에 간 기억을 떠올려본다. 코끼리를 '본' 적이 있던가? 만약 있다면, 코끼리 앞에서 나는 얼마나 머물렀을까? 분명 코끼리를 본 적이 있다. 얼마나 머물렀는지는 모르겠다. 그리고 아무리 기억을 더듬어보아도 코끼리의 생김새 외에는 특별히 생각나는 것이 없다. 사진이나 영상에서 얼마든지 볼 수 있는 코끼리의 모습, 그것 말고는.

그렇다면 내가 처음으로 코끼리를 '만난' 곳은 ENP라고 해야 할 것 같다. 인간이 아무리 넓은 공간과 세심한 보살핌을 제공한다 해도 코끼리에게 야생의 삶과 자유를 돌려줄 수는 없지만, 그럼에도 ENP의 코끼리들을 '만나면서' 갇힌 삶을 견디고 있는 또 다른 동물들을 떠올리지 않을 수 없었

다. 가족, 사회적 관계와 유대감, 이동할 자유와 일상의 매 순
간에 자신이 원하는 것을 선택할 자유, 그 모든 것을 잃은 그
들의 삶을.

기분 좋을 때 펄럭거리는 귀
©stella.L

젖을 먹고 있는 아기 코끼리

코끼리와 고래를
만난다면

사람들은 왜 코끼리와 고래를 사랑할까? 육지에서, 바다에서 가장 큰 그들의 몸집 때문일까? 우리와 닮은 지능과 감성과 모성애 같은 것들 때문일까? 나에게 코끼리와 고래를 왜 좋아하느냐고 묻는다면 역시 답하기 쉽지 않다. 누군가 좋은 데 특별한 이유가 없는 것처럼, 이들에 대해서도 그렇다. 코끼리와 고래가 나와 함께 이 지구에 존재하는 것이 좋고, 경이롭다. 마치 본능처럼 마음이 움직인다.

코끼리와 고래는 닮은 구석이 많다. 둘 다 모계 무리를 이루고 새끼를 공동으로 키워낸다. 수컷은 번식기를 제외하고는 단독 생활을 하거나 적은 수의 수컷 무리를 이루어 지낸다. 고래는 깊은 바다에서 부르는 노래와 몸짓을 통해, 코끼리 역시 다양한 소리와 몸짓 언어를 통해 의사소통을 하고 멀리 있는 동료에게 안부를 전한다. 또한 지능이 매우 높고, 자신이 겪은 일을 잊지 않는다. 슬픔과 기쁨과 고통을 느낀다. 끈끈한 가족애와 무리를 보호하고자 하는 마음, 자식에 대한 헌신적인 애정을 보인다. 이들이 구성하는 무리는 생존과 유대와 사회화를 위해 필수적이다. 어린 코끼리와 고래는 무리 생활을 하며 삶의 지혜와 문화를 전수받고 사회화를 위한 교육을 받는다. 그리고 애정과 사랑과 소속감을 느낀다. 실제로 사냥이나 밀렵 등으로 무리의 어른을 잃은 어린 코끼리는 자라면서 사회적 행동에 대한 교육을 제대로 받지 못해 난폭하거나 공격적인 성향을 보인다고도 한다.

코끼리의 눈빛은 사람과 참 많이 닮았고, 고래의 지느러미뼈는 놀랍게도 사람의 손뼈와 유사하다. 또한 그들의 거대한 모습에 대비되는 평화주의적인 성향은 어떤 면에서는 성숙한 인간처럼 느껴지고, 여전히 충분히 밝혀지지 않은 그들의 삶은 신비로운 모습으로 우리의 호기심을 불러일으킨다. 그래서 나는, 사람들은 코끼리와 고래를 이렇게나 갈구하는지도 모르겠다.

그런데 코끼리와 고래의 삶은 인간으로 인해 그다지 평탄하지 못했다, 아주 오래전부터. 코끼리는 인간에 의해 강요된 혹독한 노동을 하고, 인간의 유희를 위해 동물원, 서커스,

라이딩 캠프 등에 갇혀 살고, 상아를 위해 죽임을 당해왔다. 고래는 '향유'라 불리는 질 좋은 기름을 제공하는 도구 혹은 단백질 공급을 위한 고기로 살해되어왔고, 아쿠아리움과 쇼를 통해 돈을 벌어다주는 존재로 가족과 헤어져 감금된 생을 살아왔다. 알다시피, 지금도 여전히 그렇다.

2023년 11월, 33년간 동물원에서 홀로 지내다 세상을 떠난 말리^{Mali}는 '세상에서 가장 슬픈 코끼리'로 불렸다. 그보다 앞선 같은 해 3월, 캐나다 마린랜드^{Marineland}에서는 '세상에서 가장 외로운 범고래'$^{orca, killer whale}$로 알려진 키스카^{Kiska}가 사망했다. 마린랜드에서 쇼를 함께 하던 가족(대부분 키스카가 낳은 새끼였다)이 하나둘 죽고 키스카는 2011년부터 좁은 수조에서 홀로 지냈다. 죽기 얼마 전부터 그는 수조 벽에 몸을 부딪치는 자해 행동을 하거나 물에 가만히 떠서 아무것도 하지 않는 모습을 보였다고 한다.

범고래는 무리마다 그들만의 독특한 문화(예를 들면 사냥 방법 같은)를 가지고 있을 정도로 고래 중에서도 특히 고도의 지능과 감성을 가진 사회적 존재로 알려져 있다. 과거, 식량이 충분하지 않아 단백질 섭취를 위해 고래 사냥이 필요했던 시기와 지역이 있었을 것이다. 또 고래가 높은 지능을 가졌고 감정을 느끼는 존재라는 것을 과학적으로 증명하지 못했던 때도 있었다. 그러나 이제 우리는 고래가 어떤 동물인지 과학적으로도 경험적으로도 알고 있다. 그들에 대해 모르는 것이 여전히 많을지라도 과거로부터 이어져 온 그러한 방식으로 고래를 대해서는 안 된다는 것을 알기에는 충분하다.

매년 9월의 첫날부터 다음 해 2월까지 일본 다이지 마을에서는 약 1,500마리의 돌고래 사냥이 이루어진다. 일부는 고기가 되고 일부는 전 세계의 아쿠아리움과 돌고래쇼장으로 팔려 간다. 여전히 사람들이 동물원에서 돌고래를 보고 싶어 하기 때문이다. 덴마크령 페로 제도에서는 매년 여름 '전통'이라는 명분 아래 고래 학살이 벌어진다. 수십 척의 배에 몰려 해변가로 쫓겨 온 들쇠고래^{Pilot whale} 무리는 작살을 들고 기다리던 사람들에 의해 죽임을 당하고 바다는 새빨갛게 물든다. 그라인다드랍^{grindadráp}이라 불리는 이 행사는 과거에 겨울 식량을 확보하기 위해 이루어졌지만, 현재는 학살 후 쓸모없는 고래 사체의 상당량을 다시 바다에 버리고 있다. 많은 이들이 즐거워하는 학살의 '축제'가 벌어지는 한편에는 끊임없이 이를 비판하고 멈추기를 요구하고 고래의 죽음을 슬퍼하는 이들 또한 함께한다.

우리가 코끼리와 고래에게 '가장 슬픈', '가장 외로운'이라는 수식어를 곧잘 붙인다는 것은, 그들이 우리와 같은 감정을 느끼는 존재임을 분명 믿고 있다는 것이 아닐까. 비슷한 평균 수명, 새끼를 낳고 젖을 물려 키우는 포유류로서의 습성, 높은 지능과 감정의 교류, 사회적 관계 형성과 같은 공통점을 가진 코끼리와 고래는 분명 우리 인간과 닮았다. '갇혀도 괜찮은' 존재는 세상에 없지만, 특히 코끼리, 고래, 유인원 등과 같이 고도의 지능과 감성을 가진 것이 분명한 비인간 동물들에 대해서는 더 큰 비판의 목소리가 따라온다. 이들이 갇힌 환경에서 신체적, 정신적으로 더 많은 어려움을 겪을 것이라고 여기기 때문이다. 이러한 목소리에 힘을 실어주는 것은 자기 인식 여부를 알아보는 거울 실험인데, 이 실험을 통과한 비인간 동물은 자신을 다른 개체와 분리하여 인식하고 자신이 처한 상황을 알고 있는 것으로 이해할 수 있다. 물론 코끼리와 고래는 거울 실험을 통과한 대표적인 비인간 동물이다. 즉, 이들은 자신이 갇혀 있는 상황임을 인식한다는 의미이다. 지금까지 거울 실험을 통과한 비인간 동물은 유인원, 코끼리, 고래, 펭귄 등(코끼리, 고래, 유인원의 모든 종이

거울 실험을 통과한 것은 아니다. 이들 중 일부가 거울 실험을 통과했는데, 유인원 중에는 보노보와 침팬지, 고래 중에는 범고래와 큰돌고래, 펭귄 중에는 아델리펭귄 등이 있다)이고, 놀랍게도 청줄청소놀래기나 까치와 같은 어류와 조류도 포함되어 있다.

하지만 이러한 과학적인 증거가 없었다 해도 코끼리와 고래를 '만난다면' 분명 그들의 놀라운 능력과 풍부한 감정을 확신할 수 있을 것이다. 내가 동물원에서, 책에서, 사진에서, 영상에서 수없이 보았지만 알지는 못했던 코끼리를 ENP에서 '만나면서' 그들이 서로 대화를 나누고 기억하고 감정을 교류하는 존재라는 것을 의심의 여지 없이 알게 되고 느끼게 된 것처럼. 또 한편으로는 누군가가 거울 실험을 통과하

반가운 아침 인사

엄마와 나란히 물속을 걷는 아기 코끼리

지 못했다고 해서 그의 자기 인식능력과 사회적 지능과 감정을 부정할 수 없다는 것 또한 분명하다. 우리 집 멍멍이 Y가 비록 거울은 볼 줄 모르지만, 얼마나 감정이 풍부하고 자기 생각이 분명한 생명체인지 10년 넘게 곁에서 경험해왔으므로.

이렇게 생각하니, 세상 어떤 존재에 대해서도 확신할 수 없겠다는 생각이 든다. 커다란 코끼리와 고래에서부터 내 품에 쏙 안기는 작은 개를 거쳐 손톱보다 작은 곤충과 땅속의 지렁이에 이르기까지. 세상 모든 존재에게는 각자의 우주가 있을 거라고 믿게 되었다. 그리고 내게 그들의 우주를 파괴할 권리는 없다는 것도.

사회적 지능이 뛰어난 동물

감정을 교류하는 코끼리들

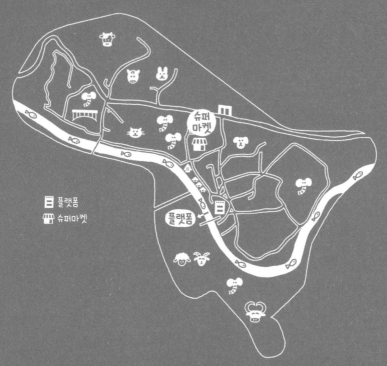

코끼리 주방 한쪽 바나나 보관소

주말이 오지 않으면 좋겠어

토요일 오전이면 위클리 봉사자들의 '일'은 모두 끝난다. 남은 건 오후에 단체 사진을 찍는 일정뿐이다. 이곳에서는 주말이 오는 것이 영 마뜩잖다. 바깥세상에서는 상상도 할 수 없는 일이니, 아무래도 나는 비현실에 머무는 게 분명하다. 어쨌든 주말은 오고야 말고, 직장인의 주말이 짧은 것과는 전혀 다른 의미로 ENP의 주말은 너무 짧기만 하다.

아침밥을 먹으러 나가니, 이제 꽤 낯이 익었다고 투데이가 꼬리를 흔들며 다가와 안긴다. 쌀쌀한 아침 공기 속에서 투데이의 체온이 더 따듯하게 느껴졌다. 한참 동안 인사를 나누었다.

세 번째 ENP에서의 마지막 작업은 트럭에 실린 바나나를 주방으로 내리고, 송이로 자르고, 보관을 위해 팬트리로 옮기는 일이다. 기부받은 3.5톤의 바나나를 꽉 채운 트럭이 주방을 향해 후진했다. 수확한 지 얼마 되지 않아 아직 후숙이 필요한 바나나는 새파랗게 질린 채 켜켜이 쌓여 있었다. 3.5톤이 얼마나 되는 건지 감이 잘 오지 않지만, 생각해봤자 소용없으니 그냥 몸을 움직이기 시작한다.

적당한 간격을 두고 봉사자들이 대열을 이루어 자리를 잡았고, 트럭에서 내린 바나나는 네다섯 명의 손에서 손으로 건네지면서 주방 안쪽에 차곡차곡 쌓였다. 평생을 마트에서 송이로 판매하는 바나나만 보고 살았던 나는 원산지에서의 바나나 모습을 이날 처음으로 보았다. 대나무보다 훨씬 더 굵은 줄기에 바나나가 송이째 주렁주렁 붙어 있는데, 직접 옮기고 자르면서 그 엄청난 크기와 무게를 체감했다.

3.5톤의 바나나는 어마어마한 양이었고(물론 코끼리들에게는 그렇지 않겠지만) 아무리 옮겨도 줄어들지 않더니, 이제 좀 끝이 보인다 싶으면 구석에 숨어 있던 바나나 송이가 자꾸만 나와 봉사자들을 아연실색하게 했다. 무게가 상당해서 쉬지 않고 계속 작업해야 했기 때문에 꽤 고됐다. 지칠 즈음이면 코디네이터가 "이제 거의 다 했어!"라며 거짓말 같은 진실, 혹은 진실 같은 거짓말을 외쳤고, 중간에 누군가 한 명이라도 잠시 넋을 놓아버리면 바나나는 땅으로 곤두박질쳤다.

그 모습에 다들 한바탕 웃으면서 다시 에너지를 충전했다. 그러다 보니 어느새 진짜 끝.

    이 모든 시간이 나는 아쉬웠다. 어린 시절, 반강제로 이끌려 등산하다 지쳐버린 나에게 아빠가 "5분만 더 가면 돼."라고 말할 때 나는 어서 등산이 끝나기만을 기다렸는데, 이제는 그 시간이 사무치게 그립고 소중하다. 그래서 바나나와 씨름하는 시간이 다소 힘들다 느꼈지만, 머지않아 이 순간이 몹시도 그리워질 것을 알기에 한편으로는 그 장면이 끝나지 않기를 바랐던 것 같다. 산더미같이 쌓인 바나나 옆에 자리 잡고 앉아 자르는 작업을 이어가다가 코디네이터 조가 나에게 물었다.

"여기 또 올 거야?"

망설임 없이 대답이 달려 나온다.

"그럼. 나 여름에 올 거야. 오고 싶어."

"여름에? 4월에? 5월에?"

"어엇, 여긴 여름이 그때야? 아니 아니, 한국 여름에!"

"한국의 여름이 언젠데?"

"7월, 8월. 그때가 여름이야."

그렇게 토요일 오전 작업이 끝났다. 끝나고야 말았다. 이곳의 모든 것이 눈앞에 있는데도 벌써 그리웠다. 이제부터는 뒤숭숭하고 아쉬운 마음을 잘 달랠 시간이다. 혼자 와도, 다른 이들과 함께 와도 이런 마음은 다를 바가 없다. 오롯이 내가 감당할 몫이다. 다음을 기약하지만, 아직 오지 않은 날을 앞서 확신할 수 없는 것이 우리 삶인 것을 모르지 않는다.

일행과 함께 카페에서 산 타이티thai tea를 손에 들고 플랫폼에 앉았다. 언제 또다시 맛볼지 모를 이곳 카페의 음료를 마시면서 그 시간의 풍경을 눈에, 마음에 담았다. 이곳에서는 정말로, 주말이 오지 않으면 좋겠다고 생각하며.

주말을 막을 방법을 찾지 못한 나는 별수 없이 한국에 돌아왔고, 어느새 4월의 끝을 향해 시간이 흐르고 있다. 며칠 전 안부 연락을 주고받은 왓이 '너무 덥다'며 현지의 소식을 전해왔다.

그곳의 여름이 지나고 곧 이곳의 여름이 오면, 그때 만나.

아쉬운 마지막 작업

3.5톤의 바나나

위클리 봉사자 단체 사진

너에게 난, 나에게 넌

  토요일 오후, 코디네이터들은 단체 사진을 찍은 후 아쉬
워하는 봉사자들을 데리고 필드 안쪽으로 걸어 들어갔다.

  뜨거운 한낮의 더위에 물소들이 떼 지어 강으로 들어가
자 몸에 묻어 있던 진흙이 씻겨 나오면서 적갈색 강물이 세
차게 흐르기 시작했다. 물소들은 물속에서 얼굴만 빼꼼 내밀
고, 마치 우리가 한겨울 노천 온천에 들어앉아 있는 것 같은
표정으로 반쯤 눈을 감고 태양을 피하는 즐거움을 누렸다.

  한편에는 두 코끼리가 꼬리를 살랑거리며 역시나 간식을
먹고 있었고, 강변 한쪽에 얼기설기 지어진 작은 오픈형 오
두막에서는 마훗들이 쉬고 있었다. 일주일 내내, 매일매일,
매 순간 만나고 또 만나도 경이로운 코끼리들을 여유롭게
가까이할 수 있는 귀한 기회를 봉사자들은 자신만의 방식으
로 즐겼다. 코끼리 사진을 찍거나, 코끼리와 사진을 찍거나,
좀 떨어져 앉은 채 그저 바라보거나, 풍경 속을 천천히 거닐

거나.

우리는 코디네이터 조가 마훗들과 함께 앉아 있는 오두막으로 가서 한쪽에 자리를 잡았다. 오두막 그늘 속에서 바라보는 코끼리들, 사람들, 개들, 그리고 아스라한 배경이 그 어떤 명화보다 근사했다.

조가 휴대폰을 만지작거리더니 음악이 흘러나오기 시작했다.

"너에게 난, 해 질 녘 노을처럼 한편의 아름다운 추억이 되고……"

우리는 깜짝 놀라 동시에 조를 쳐다보았다. 조가 한국 드라마를 좋아하고 한국 음악을 많이 듣는 친구라는 건 알았지만, 그의 플레이 리스트에서 이 노래를 들을 줄이야. 하긴 조의 취향을 곰곰이 생각해보면 그리 놀랄 일이 아니긴 했다.

언젠가 오전 일을 마치고 ENP에서 조금 떨어진 동네 카페에서 타이티를 마시며 쉬고 있었는데, 흘러나오는 음악에서 한국어 가사가 들려오는 게 아닌가. 우리는 동요하기 시작했다.

"조, 이 노래 네가 튼 거야? 한국 음악이네."

"어!"

"너 한국 노래 정말 좋아하는구나. 우리보다 더 많이 아는 것 같은걸."

"이 노래 몰라?"

"미안한데, 우리 이 노래 모르겠어. 하하."

우리 중 누구도(아마도 아이돌 가수의 최신곡인 듯한) 이 노래의 제목도, 가수도 몰랐다. 그러자 조는 "정말 모르냐"며 놀라더니, 곧바로 또 다른 노래를 찾기 시작했다. 노래가 시작되자마자 우리는 위풍당당하게 "이 노래는 알지, 알지!"라며 화답했다. 조가 가장 좋아한다는 한국 드라마 「주몽」의 OST였다. 그때 조는 알아챈 걸까? 우리에게 '자전거 탄 풍경'의 노래를 틀어주면 단번에 알아차릴 거라는 걸! 어쨌거나 그의 기대에 부응하듯, 우리는 몸을 좌우로 흔들며 「너에게 난, 나에게 넌」을 따라 불렀다. 지금 생각해보니 이 노래, 그 순간의 풍경과 우리의 마음과 무척 잘 어울렸던 것 같다. 너에게 난, 나에게 넌, 그곳에 있던 모두에게 서로에게 소중했던.

플랫폼으로 돌아와 강아지 산책을 하러 나섰다. 도그 쉘

터로 가는 길에 늘 자리를 지키고 있는 슈퍼마켓에 들어가
냉동고를 열고 아이스크림을 꺼냈다. 우리나라 수박바와 모
양도 맛도 비슷한, 과즙을 얼린 아이스크림이다. 4백 원짜리
이 아이스크림에 대한 기억은 처음 ENP를 방문했던 2020
년으로 거슬러 올라간다.

그때 내가 매일 즐겼던 것 중 하나는 바로 아이스크림이
었다. 당시에는 플랫폼에 있는 카페에서 몇 가지 과자와 아
이스크림을 판매했다. 오후 일이 끝나고 당이 떨어졌을 즈
음, 이 '하드'를 매일 다른 맛으로 사서 맛보며 망중한을 즐
기는 시간을 나는 빼먹지 않았다. 수박맛, 오렌지맛, 포도맛,
파인애플맛까지 다양한 버전이 있었는데, 한국에서는 쳐다
보지도 않는 아이스크림을 여기서는 매일같이 신중하게 대
했다. '오늘은 무슨 맛을 먹을까'는 하루 중 가장 어려운 선
택이었다. 아이스크림을 즐겨 먹지 않는 편이지만 이곳에서
먹은 아이스크림은 여름이 되면 종종 생각이 난다. 아마도
함께 떠오르는 그리운 기억들 때문이겠지.

2023년 ENP에 다시 돌아와 보니 카페는 플랫폼 내에서
위치를 옮겼는데 예전보다 규모가 좀 더 커졌고 더 이상 스
낵과 아이스크림을 팔지 않았다. 대신, 도그 쉘터로 가는 길

에 바로 지금의 작은 가게가 들어섰다. 가게는 지역 주민이 운영했다. 오전에는 할머니가 장사를 하시고 오후가 되면 학교에 갔다 온 손녀가 함께했다. 영어를 전혀 못하는 할머니는 손가락으로 가격을 알려주셨는데, 그런 할머니를 도우러 온 손녀는 숫자 정도는 영어로 할 수 있었다. 손녀는 외국인 손님까지 맞으며 야무지게 가게를 지켰다.

이제는 오후의 그 아이스크림을 이곳에서 매일 사 먹게 되었다. 작고 작은 시골 마을에서나 볼 법한 오래된 느낌의 낡은 가게지만, 정말 없는 것 빼고는 다 있었다. 함께 간 친구가 한국에서 가져간 집게핀을 잃어버렸다. 2층에서 아래 풀밭으로 떨어뜨렸는데 아무리 살펴봐도 찾을 수가 없었다. 플랫폼의 개가 물고 간 게 틀림없었다. 어쨌거나 우리는 치앙마이 시내로 나가지 않는 이상 집게핀을 구하지 못할 거라 생각했다. 그런데 이게 웬일인가. 두유를 사러 간 가게에서 집게핀을 발견했지 뭔가. 세상에 이 작은 가게에서 집게핀까지 팔아? 만약 ENP에 가게 된다면, 그리고 혹시나 무언가가 아쉽다면 '설마 이것도 있을까?'라는 마음으로 이 가게를 한번 가보길 권한다. 있으면 좋고, 없으면 또 그만이니까! 심지어, 한글로 제품명이 적힌 태국산 소주도 팔고 있다.

토요일 오후 마지막 산책을 하며 괜스레 이 가게 앞을 서성였다. 도그 쉘터와 지척이라 강아지들과 산책할 때마다 그 배경에는 늘 이 가게가 있었다. 마훗과 코끼리가 쉘터로 들어가는 입구의 바로 옆이라 커다란 코끼리를 자주 만나기도 했다. 가게 내부는 좁고 어두컴컴하며 물건들이 조악하게 놓여 있고 뚜껑에 먼지가 쌓여 있기도 하지만, 그래서 더욱 정겨웠다. 오며 가며 아이스크림을 사 먹고, 자리를 지키고 앉아 계시는 할머니와 눈인사를 하고, 즐겁게 산책 중인 멍멍이들을 만나고, 집으로 돌아가는 코끼리를 만나는 곳에 항상 이 작은 가게가 있었다. 아이스크림 하나 손에 쥐고 가게 앞 낡은 나무 벤치에 앉아 복잡한 생각은 잊고, 그 순간의 아이스크림 맛과 그늘의 시원함과 코끼리와 멍멍이와 내 마음과 풍경에 오롯이 집중하던 순간들이 여전히 거기에 놓여 있다.

플랫폼 1층에 위치한 카페

매일 다른 맛으로 즐기는 아이스크림!

지역 주민이 운영하는 작은 슈퍼마켓

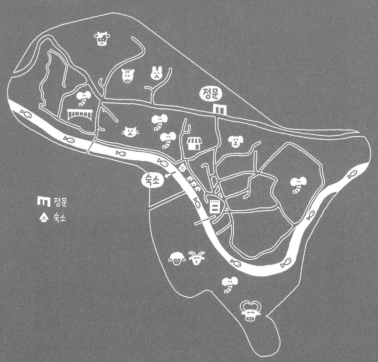

일요일, ENP 마지막 날의 아침 풍경

마지막 날의 기억

일요일 아침, 해가 뜨자 시간은 조금의 틈도 주지 않고 내달렸다. 마지막 아침밥을 먹은 후 숙소에서 짐을 정리하기 시작했다. 아직 나는 떠날 준비가 되지 않았다. 덩그러니 비어버린 방을 보고 있자니 야속한 감정마저 들었지만 그 원망을 돌릴 곳은 아무 데도 없어 내 마음은 길을 헤매고 있었다. 이곳에서 보낸 많은 순간들이 떠올랐다. 특히 마지막 날의 장면들은 더 생생하게.

2020년, 처음 방문했던 ENP에서의 마지막 날이었다. 그때는 일요일 오전에도 작업을 했던 것으로 기억한다. 우리팀 봉사자들은 주방에서 채소를 씻고 있었다. 돌로 만들어진 투박하고 기다란 수조에 물이 반쯤 채워져 있었고 오이와 호박이 둥둥 떠 있었다. 봉사자들은 수조에 둘러앉아 수세미를 들고 코끼리들이 먹을 채소를 박박 닦으며 두런두런 담소를 나누다가, 캐나다 토론토에 폭설이 내리고 있다는 이야기에 이르렀다. 함께 일하고 있던 코디네이터 왓에게 누군가 물었다.

"왓, 눈 본 적 있어요?"

"아니, 눈 본 적 없어요. 영화에서만 봤죠."

그리고 이렇게 덧붙였다.

"그런데 몇 년 후면 여기서도 눈을 볼 수 있을지도 모르죠. 여기에 눈이 내리고 원래 내리던 곳에는 눈이 오지 않고 그럴지도 몰라요. 기후 변화 때문에요."

왓의 말에 우리 모두는 진짜 그럴지도 모른다며 웃음을 터뜨렸다. 농담인 듯 진담인 듯 웃으며 나눈 대화였지만 마음 한구석은 뜨끔했다.

2020년의 ENP에서 한국에 돌아온 직후, 전 세계는 코로나19 팬데믹으로 빗장을 걸어 잠그게 되었다. 겪어본 적 없는 팬데믹의 시간을 거치며 어쩌면 극히 일부일지도 모를, 우리 삶의 방식이 이끈 결과를 목도해야 했다. 그리고 2022년의 여름에 ENP는 20년 만에 닥친 최악의 홍수로 힘든 시간을 보내야 했다. 필드 대부분이 물에 잠겼고, 불어난 강물을 타고 온갖 것들이 실려 왔다. 코끼리를 비롯한 ENP의 동물들은 기후 난민이 되어 지대가 높은 곳으로 몸을 피했고, 엉클어진 ENP 곳곳을 복구하고 정리하는 데는 적지 않은 시간과 비용과 애씀이 필요했다. 당시 SNS로 전해진 ENP의 홍수 모습은 무척 심각해 보였는데, 해마다 치앙마이의 우기가 되면 같은 일이 반복되지는 않을까 늘 마음이 쓰인다. ENP는 기후 변화에 큰 영향을 미치는 공장식 축산 시스템도 일회용품도 사용하지 않지만 이상 기후는 대상을 가리지 않았다. 야생 코끼리의 생태는 숲을 일구고 엄청난 양의 탄소를 저장해 기후 변화에 중요한 역할을 한다지만, 역시나 기후 변화는 그런 코끼리라고 봐주지는 않는 것 같다. 어디서든 발견되는 이런 역설과 모순의 순간들을 마주할 때마다 그날의 대화를 떠올리지 않을 수 없었다.

숙소에서 짐을 빼 첫날 도착해서 짐을 내렸던 곳으로 이동했다. 체크아웃 한 방 열쇠를 받느라 코디네이터들이 앉아 있었다. 뽀스락거리며 가방 속에 든 미니 약과를 꺼냈다.

"이거 먹어볼래? 한국 전통 간식인데, 쌀로 만든 거야."

넷이 동시에 약과 봉지를 열어 입에 쏙 넣더니 생각보다 맛있는지 눈이 동그라미가 되었다.

"오, 이거 맛있는데! 이름이 뭐라고?"

"약과!"

"약…… 뭐?"

"약, 과."

발음이 어렵다는 조에게 꾹꾹 눌러 약과라는 말을 또박또박 천천히 발음해주었다.

"나름 비건이야. 맛있지? 더 먹을래?"

약과에 홀린 듯 고개를 끄덕거렸다. 나는 한 주먹 가득 약과를 더 꺼내어 테이블에 올려놓았다.

늘 그렇듯, 눈앞으로 다가온 헤어짐을 앞두고는 누구도 쉽게 떠남을 이야기하지 못한다. 일주일마다 새로운 봉사자를 만나고 또 보내야 하는 코디네이터들은 이런 만남과 헤어짐에 이력이 나 있을지 모르나, 그럼에도 일주일 동안 매일같이 얼굴을 보고 시간을 보낸 이들과의 이별이 쉽게 익숙해지는 일은 분명 아닐 것이다. 떠나고 싶지 않은 내 마음은 말해 무엇할까. 나는 아쉽다 못해 마음이 텅 비어버리는 느낌이었다. 하지만 아무렇지 않은 듯, 괜스레 다른 가벼운 이야기들을 나누다가 플랫폼으로 돌아왔다.

흔들리는 마음을 가라앉히려 ENP 곳곳을 천천히 거닐며 사진을 찍었다. 화장실 입구에서 늘어져 자고 있는 까만 개 키나를 찍고, 주방에 높이 쌓인 단호박을 찍고, 뛰어노는 개들을 찍고, 담요 덮은 할머니 코끼리를 찍고, 도그 쉘터로 가는 길에 있는 개들의 작은 묘지를 찍고, 스카이워크에서 보이는 먼 풍경을 찍었다. 다른 일행들도 마찬가지였는지 각자의 마음을 따라 ENP의 구석구석을 바라보고, 또 머무르고 있었다.

잠시 후 점심을 먹었고, 행선지에 맞춰 배정된 차에 짐과 함께 몸을 실을 시간이 되었다. 마침 그날 투어 가이드로 들어온 왓도 작별 인사를 하러 와주었다. 나의 첫 ENP에서부터 두 번째, 세 번째까지 다시 만났던, 특별히 고마운 이들에게 하고 싶지 않은 작별 인사 대신 "안녕!"이라고만 짧게 외치고 차에 올라탔다. 거창한 인사를 하지 않아야 더 빨리 이곳으로 돌아올 수 있을 것만 같았다. 다른 나라에서는 만날 때와 헤어질 때의 안녕이 다른데, 우리는 만날 때도 헤어질 때도 '안녕'이라고 하는 게 참 다행이었다. 나의 안녕은 헤어질 때의 안녕이 아닐 수 있으니까.

치앙마이에서의 단골메뉴, 스무디볼

놓쳐서는 안 될
치앙마이의 아침

ENP에서의 일주일이 끝나면 항상 치앙마이에서 며칠을 머물렀다. 한국으로 돌아가기 전의 안전지대랄까. 치앙마이의 고즈넉한 올드시티는 꿈같던 ENP와 곧 되돌아갈 현실 세계인 서울 사이의 가교 같은 곳이 되어주었다. ENP를 몰랐던 오래전부터 치앙마이를 여행할 때도 나는 늘 올드시티에 머물렀고, ENP를 방문하기 시작한 2020년부터는 올드시티 내에서도 늘 비슷한 지점에 머물고 있다.

매일 가는 카페, 아침 산책을 하는 공원, 저녁쯤 들르는 시장, 현지인들이 많이 가는 채식 식당, 아플 때면 찾아가는 약국, 심심하면 슬쩍 들르는 편의점, 종종 하루의 마지막 일정이 되는 마사지 가게, 두유를 사 먹는 동네 슈퍼까지 늘 똑같다. 언제 어디를 가면 고양이를 만날 수 있는지도 알고, 자주 가는 카페가 언제 북적이지 않는지도 잘 안다. 적당한 익숙함과 편안함 속에서 타지의 새로움과 설렘이 고개를 빼꼼 내민다. 현지인도 여행자도 아닌 듯 지내는 이런 여행을 나는 참 좋아한다.

그러다 보니 치앙마이에서의 하루는 늘 비슷하다. 한국과 다른 점이라면 출근 대신 아침 산책을 한다는 것. 단언컨대, 치앙마이에서는 아침을 놓쳐서는 안 된다.

이른 아침 올드시티의 골목골목을 거닐다 보면 일과를 시작하는 바쁜 개들, 그와 대비되는 우아한 고양이들, 분주한 새들, 전깃줄 위를 또르르르 이동하는 청설모를 끊임없이 만난다. 특히 동이 트기 시작할 때부터 늦은 오전까지는 새들의 지저귐이 쉴 새 없이 나에게로 쏟아져 들어온다. 세상에 이렇게 듣기 좋은 소리가 있을까 싶다. 마음이 절로 청아해진다. 밖에서 마주치는 개들 중에는 길에서 사는 녀석들도 있지만 대부분은 엄연히 집과 보호자가 있다. 목줄을 하고 있거나 아침 공기 쌀쌀하다고 집사가 입혀준 옷을 입고 바쁘게 골목길을 가로지른다. 그런 개들을 만날 때마다 나는 ENP의 개들이 생각나서 발걸음을 멈추게 되는데 정작 이들은 마주치는 사람들에게 일말의 관심도 없다. 친구를 만나러 가는지 시장에 맛있는 걸 먹으러 가는지 모르겠지만, 나름 자신만의 아침 루틴을 실행하고 있는 게 분명해 보였다.

사원을 가로질러 고요한 골목길에 들어서자, 어느 집 마당 잔디밭에서 레슬링을 하며 놀고 있는 어린 고양이들이 보인다. 한 집 더 건너가자, 마당에 의자를 두고 할머니가 앉아 계시고, 할머니 곁의 바닥에는 오렌지빛의 고양이가 있었다. 행여나 시멘트 바닥이 차가울세라 할머니가 깔아주신 박스 위에서 고요하게. 그 골목 끝의 모퉁이를 돌면 작은 동네슈퍼가 나타난다. 웬걸, 어느 하루는 주인아저씨가 우리 Y만 한 반려 강아지를 아기처럼 품에 안고 꿀 떨어지는 눈빛으로 어화둥둥 몸을 흔들며 둘만의 하루를 시작하고 있었다. 그 모습이 너무도 사랑스러워서, 그 공간에는 마치 비눗방울 같은 작은 행복들이 둥둥 떠다니는 것처럼 느껴졌다.

이렇게 아침 산책을 하다 보면 길 곳곳에 새들과 길고양이들 먹으라고 내놓은 물과 밥이 보인다. 나의 아침밥과 우리 집 동물들의 밥을 챙겨주면서, 눈에 잘 보이지 않아도 분명 함께 살아가고 있는 다른 존재들을 위해 밥을 내놓는다. 모든 생명의 가치를 동등하게 여기는 불교의 영향이 크겠지만,

이유야 어떻든 이런 아침 풍경은 늘 마음을 따뜻하게 했다.

비둘기가 식당에 들어와 바닥에서 부스러기를 쪼아 먹고 있어도, 지나던 길고양이가 가게 앞에 세워놓은 자신의 오토바이에 올라타 쉬고 있어도 내보내거나 불편해하지 않는다. 그렇다고 눈길을 주거나 오구오구 예뻐하지도 않는다. 적당한 무관심과 적당한 돌봄으로 거리를 유지하면서 각자의 하루를 잘 지낼 수 있도록 보이지 않게 서로를 지지해주는 느낌이랄까.

그런 느낌을 전해 받는 치앙마이의 아침 산책은 큰 즐거움이었다. 동시에, ENP의 아침이 어김없이 떠올랐고 그곳에 있는 존재들의 안부가 궁금해지는 매일 아침이었다.

함께 살아가는 동물들에게 다정한 이 치앙마이에 삶을 유린당한 코끼리들 또한 살아가고 있다는 사실이 아프게 다가왔다. 누구를 탓할 수 없는, 우리의 아이러니한 모습을 인정할 수밖에 없는 순간들이 많았다. 그렇게 치앙마이에서 ENP를 그리면서 조금씩 일상으로 돌아갈 준비를 했다. 숙소에서 멀지 않은 아이스크림 가게에서 코코넛밀크로 만든 비건 아이스크림을 주문했다. 우유가 들어간 콘은 비건이 아니라서

컵으로 주문을 했더니 일회용 플라스틱 컵과 숟가락이 함께 왔다. 몇 분간 아이스크림을 즐기고 나면 가차 없이 버려져 땅으로, 바다로, 누군가의 몸속으로 흘러 들어갈 플라스틱 컵을 손에 쥐고 가만히 보다가 또 다른 생각이 꼬리를 물었다. 몇 달 전 뉴스에서 보았던, 원숭이의 노동을 착취해 코코넛을 수확하는 태국 일부 코코넛 농장의 모습. 이쯤 되니 묻지 않을 수 없다. 이 아이스크림을 '비건'이라고 불러도 되는 걸까. 그리고 코끼리들이 나에게 알려준, 어쩌면 가장 중요한 진실을 상기한다.

지원, 부디 잊지 마.
세상 모든 존재의 삶이 서로 연결되어 있다는 것을.
평생 단 한 번도 마주치지 않는 삶일지라도 말이야.

비건 아닌 비건 아이스크림

마법의 문은 늘 열려 있다

자정에 가까워 치앙마이 도심의 불빛 위로 날아오른 비행기는 여전히 해가 뜨지 않은 까만 서울에 도착했다. 고작 네 시간, 현실로 돌아오는 데 걸리는 시간이 너무 금방이었다. 계절은 여름에서 겨울이 되었고, 잠시 여행자였던 내게는 일상의 역할과 명칭들이 다시 자석처럼 들러붙었다. 치앙마이와 서울의 간극을 좁히는 것이 유난히 어려웠던 여행이었다.

ENP에서 돌아온 후 얼마 되지 않았을 때 한 코끼리의 소식이 들려왔다. 태국이 아닌 한국에서.

그의 이름은 사쿠라. 태국에서 태어났고, 서울대공원 동물원에 사는 코끼리였다. 사쿠라라는 이름은 그가 삶 대부분의 시간을 보냈던 일본에서 얻었다. 사쿠라는 겨우 7개월이 넘은 나이에 태국에서 일본으로 보내졌다. 1965년 일본의 한 동물원에 살던 코끼리 메리의 임신과 출산은 일본 국내 최

초의 코끼리 출산으로 많은 관심을 받았는데, 메리는 결국 사산을 하고 말았다. 그리고 메리를 위로한다는 명목으로 메리의 사산아와 비슷한 연령의 아기 코끼리를 태국에서 데리고 왔다. 많은 관심 속에 일본으로 온 아기 코끼리에게 사람들은 '사쿠라'라는 이름을 붙여주었다.

그렇게 사쿠라는 가족과 헤어져 고향을 떠나 일본의 동물원에서 서커스 공연을 하며 살았다. 비록 인간이 맺어준 관계이긴 했지만, 사쿠라는 그곳의 코끼리들과 잘 어울려 살았다. 하지만 함께 지낸 두 코끼리가 1990년대에 차례로 세상을 떠난 후 10년 정도의 세월을 그는 홀로 지냈고, 2003년에는 동물원이 경영난으로 문을 닫게 되었다. 그렇게 사쿠라는 한국으로 건너왔다.

한국에서도 사쿠라는 사람들의 관심을 많이 받는 코끼리였다. 더 이상 공연을 하지 않아도 괜찮았다. 사람들은 사쿠라가 한국에서 잘 적응하고 짝을 맺어 출산까지 이어지는 삶을 살기를 바랐지만 기대와는 달리 사쿠라는 다른 코끼리와 어울리지 못했고 오랜 시간을 홀로 지냈다. 동물원 측에서는 사쿠라의 짝으로 당시 국내 최고령 수컷 코끼리였던

자이언트를 만나게도 했지만 사쿠라는 그에게 마음을 주지
않았다. 오히려 사쿠라는 옆 방사장에 있던 아프리카코끼리
리카와 코를 맞대면서 교감하는 모습을 보였다. 하지만 이루
어질 수 없는 이 둘의 관계는 '애틋한 사랑' 이야기로 화제가
되기도 했다.

2013년에 사쿠라를 고향인 태국으로 돌려보내자는 움직
임이 있었다. 시민의 자발적인 움직임이었고, 당시 렉은 사
쿠라의 이야기를 알게 되었다. 렉은 서울시와 동물원 측에
사쿠라를 태국으로 보내줄 것을 제안했다. 하지만 '사쿠라는
잘 지내고 있다'는 대답만이 돌아왔고 그는 그렇게 한국의
동물원에 남았다.

이번 ENP 방문에서 렉이 마침 사쿠라의 이야기를 꺼냈다.

"태국의 많은 코끼리들이 과거 외교사절이나 교류의 의미
로 외국으로 떠났어요. 동물원에 갇히거나 서커스에 동원되
기 위해 팔려 간 코끼리들도 많죠. 그들 대부분은 고향으로
돌아오지 못하고 있어요. 한국에 있는 사쿠라도 그중 하나
예요. 사쿠라는 태국에서 일본으로, 일본에서 한국으로 가서
지금도 동물원에 살고 있습니다."

백 살이 된 코끼리도, 곧 죽을지도 모를 만큼 아픈 코끼리도 구조해 오는 그에게 있어 10여 년 전 데려오지 못한 사쿠라는 뼈아픈 기억일 것이다. 그리고 봄이 아직인 2024년 2월의 차가운 날에, 한국 최고령 코끼리로 살아온 사쿠라가 마지막 숨을 거두었다. 그는 떠났고, 한국 동물원에는 태국에서 온 코끼리들이 아직도 남아 있다.

　아이를 잃은 코끼리 메리를 달래주자는 목소리 뒤에 숨어 있던 진실은 귀여운 아기 코끼리를 볼 수 없게 된 사람들의 실망감을 또 다른 코끼리로 채우려던 마음이었다는 걸 우리는 모르지 않는다. 사쿠라가 태국을 떠나지 않았다 해도 그 삶은 파잔과 노동과 감금과 공연에 동원되는 것으로 점철되었을 가능성이 높다. 그러니 만약 그가 태국을 떠나지 않았다고 해서, 혹은 삶의 어느 순간에 태국으로 돌아갔다고 해서 행복했을지, 그건 잘 모르겠다. 다만 확실하게 말할 수 있는 것은, 사쿠라가 가족과 헤어지는 그 순간부터 한국 동물원에서 숨을 거둔 마지막 순간까지 굴곡 많은 삶의 여정에서 스스로의 선택으로 이루어진 것은 아무것도 없다는 것이다.
　태국에서 태어났고 평생을 일본 이름으로 불리며 한국에

서 생을 마감한 코끼리. 동물원 한편에서 나이 들어가던 사쿠라의 마음은 어디에 있었을까. 짧은 시간이었지만 그가 태어났고 잠시나마 가족과 함께 지냈던 태국일까. 공연에 동원되는 삶이었다 해도 곁에 함께하는 코끼리가 있었고 가장 많은 시간을 보낸 일본일까. 비록 갇혀 살아야 했지만 더 이상 서커스를 하지 않아도 괜찮았던 한국일까. 혹은 그중 어느 곳도 아니었을까. '한국에서 가장 나이 많은 코끼리였던 사쿠라는 많은 사람들에게 희망을 주었다'는 말로 전해지는 그의 죽음에 마음이 아려왔다. 누군가에게 희망을 주었으나 정작 사쿠라에게는 희망이 없었구나 싶어서. 고향으로 돌아갈, 가족을 만날, 자유롭게 여생을 살아갈, 그런 희망들이. 봄의 꽃 사쿠라에게 끝내 봄은 오지 않았다.

렉이 사쿠라의 소식을 들었는지는 모르겠다. 다음번에 렉을 만나면, 가슴 아프지만 사쿠라의 이야기를 함께 나누고 싶다는 생각을 한다. 그에 대한 슬픔을 누군가와 나누는 것이 사쿠라에 대한 나의 애도이다. 코끼리들이 소중한 이의 죽음을 애도하듯이. 나에게는 이제 너무나도 소중해진, 거대하고 무해한 그 존재를 오래오래 기억하고 싶다.

어느 날, 나에게 활짝 열려 있던 마법의 문을 발견했다. 망설임 없이 그 문으로 들어가니 코끼리가 있었다. 그곳에서는 코끼리로 살아가고, 시간에 따라 늙어갈 자유가 있었다. 다른 모든 존재들도 마찬가지였다. 아름다웠지만 그게 전부는 아니었다. 아프고, 슬펐다. 모든 존재의 아픔과 슬픔이 드디어 갇힌 곳을 벗어나 함께 어우러지니 빛이 된 것 같았다. 그 마법의 문으로 다시 들어갈 날을 고대한다. '나다운' 삶을 살고 있는 모두가 있는 곳으로. 요시모토 바나나가 나에게 전한 말을 되새겨본다.

"마법의 문은 늘 열려 있다. 사실은, 언제나. 그것을 찾아내고 못 찾아내고는 우리에게 달려 있다."

언제부터 비인간 동물에 관심을 기울여왔는지 잘 기억나지는 않지만, 또렷하게 떠오르는 어린 시절의 내가 있다. 개미를 밟고 싶지 않았던 나는 늘 땅을 보며 걸어 다녔다. 작디작은 생물이지만 살아 움직이는 존재를 내가 죽인다는 것이 끔찍해서이기도 했고, 혹은 나도 모르게 밟아 죽인 그들의 흔적이 내 신발에 남는 것이 싫어서이기도 했다. 지금도 곤충이 많은 계절에 길을 걸을 때면 그 버릇은 여전하다. 하지만 집으로 들어온 곤충은 가차 없이 내쫓기거나 내 손에 죽임을 당한다. 그뿐일까. 오랜 시간 털동생 Y와 가족을 이루어 살면서도 나는 소와 돼지와 닭을 먹었다. 이렇게 내 삶은 모순투성이였고 지금도 그렇다.

돌아보면 동물, 식물이라 불리는 비인간 존재는 내 곁에, 내 삶에 늘 함께 있었고 내가 발 딛고 살아가는 이 지구의 경이로움과 아름다운 순간들에 눈뜨게 해주었다. 너무도 거대하고, 어쩌면 본질적이어서 알아보지 못했던 것들을 조금씩이나마 어렴풋하게 깨닫기 시작하면서 나는 내 일상에 가득한 모순을 조금이라도 줄이고자 노력하게 되었다. 내가 세상을 바꿀 수는 없지만, 알아버린 것에 대해서는 더 이상 동참하고 싶지 않은 마음이 전부였다. 내가 만난 적 있는, 그리고 만난 적 없지만 지구에 함께 존재하는 모든 생명에게 고마운 마음을 전한다. 그리고 그들의 삶이 안녕하기를 진심으로 바란다.

방랑의 유전자를 물려준 부모님, 사랑하는 동생, 나의 꿈을 응원해 주는 소중한 친구들, 잊을 수 없는 그날의 명강의로 공부를 좋아하지 않는 내가 박사과정까지 발을 들이게 지도해 주신 김찬국 교수님, 불확실성 가득한 내 글에 기꺼이 추천사를 써주겠다고 하신 청주동물원의 김정호 박사님, 세상에 대한 나의 관심에 귀 기울여주고 나에게 스승이 되어주는 고마운 분들, 일상과 여행에서 만나고 스친 수많은 인연들 그리고 이 책에 실린 글을 쓰고 다듬는 동안 영감과 작업의 공간이 되어준 애정하는 곳들이 없었다면 나는 아마도 코끼리를 만나지 못했을 것이다. 사랑과 존경과 감사의 마음을 담아, 이들 덕분에 만난 코끼리들의 이야기를 전하고 싶었다. 또한 코끼리의 근사한 모습이 담긴 사진을 기꺼이 제공해 주신 스텔라 가족에게도 감사의 마음을 전한다. 마지막으로, 내 삶의 여정에 놀라운 아름다움을 선물해 준 코끼리들에게, 그들의 가족인 렉^{Lek}과 대릭^{Darrick}에게, ENP에 갈 때마다 든든한 보호자였던 고마운 코디네이터 왓^{Wat}과 조^{Joe}에게, 그곳에서 만난 모든 이들에게 깊은 경의를 표한다.

코끼리를 새롭게 만나고 싶은 당신을 위한 안내서

초판 1쇄 발행일 2024년 10월 10일

지은이 이지원 | **감수** 최은주
펴낸이 김소희 | **책임편집** 김현숙 | **편집** 김진아, 차정민
디자인 스튜디오 헤이,덕 | **일러스트** 김푸른

펴낸곳 피스북스
출판등록 2021년 3월 10일(제2021-000125호)
주소 03037 서울시 종로구 옥인3길 5-1(누상동)
전화 02-722-2016~7 | **홈페이지** www.ida-elcf.org | **전자우편** ida_elcf@naver.com
인스타그램 @_peacebooks

ISBN 979-11-976657-2-1 03810